DE

LA LITTÉRATURE

ET

DES LITTÉRATEURS.

597

Z .

53° 83.

DE
LA LITTÉRATURE
ET
DES LITTÉRATEURS.
SUIVI
D'UN NOUVEL EXAMEN
DE
LA TRAGÉDIE FRANÇOISE.

A YVERDON.

1778,

DE LA LITTERATURE

ET

DES LITTÉRATEURS.

On ne fçauroit trop combattre la manie de plufieurs hommes aveugles ou jaloux , qui ont pris à
tâche dans tous les fiécles , de louer prodigieufe-
ment les morts ; le tout , pour contefter aux vivans leurs fuccès , fans fonger que ceux-ci deviendront anciens à leur tour (1). Les mêmes talens ne

_____

(1) Tous ces Prôneurs de l'antiquité , n'ont pas toujours la confcience de leur admiration. Ils font plutôt
chagrins contre leur fiécle. On n'a rien à craindre de la
renommée de Térence , ni de celle de Platon , & on
les exalte outre mefure ; mais il faut trouver à redire à
ce qui fe fait de notre tems. La pédanterie a un enthoufiafme ridicule, affurément digne d'elle Les gens de Lettres avancés en âge & non Philofophes, font les hommes qui nourriffent les préjugés les plus bizarres & qui
s'oppofent le plus au progrès des Arts: dans leur prévention forte & enracinée. D'ailleurs on oppofe une maffe
de vingt fiécles à un fiécle unique ; des Orateurs publics
montés dans la Tribune aux harangues , à des avocats

A

peuvent précifément fe reproduire, parce que, quand
la Nature forme une tête, elle lui donne une empreinte particuliere, & le cachet alors eſt à jamais
briſé. Mais il y a des équivalens; & ſi tel homme
ne fait pas ce qu'a fait tel autre, il peut faire quelque choſe qui, dans un genre différent, en approche
en bonté. Si l'homme né pour peſer reſpectivement le
mérite des Ouvrages exiſtoit, peut-être que dans
ſa balance il trouveroit une égalité qu'on ne ſoup-
çonne pas. Car les noms en impoſent toujours
plus que les choſes.

Nous n'avons plus, ſi l'on veut, des Corneille,

---

plaidans à la barre de la Cour; des hommes libres dans
une République, aux ſujets d'un Monarque; des langues
hardies, poétiques, audacieuſes, à une langue que l'Académie Françoiſe a fixée dans ſa premiere enfance : &
malgré ces obſtacles, ces entraves, ces chaînes de toute
eſpèce (je ne parlerai pas du ſiécle de Louis XIV, où les
Auteurs étoient encouragés, protégés, penſionnés), je
dirai que la fin ſeule du ſiécle de Louis XV, dans l'èſ-
pace de trente années, a produit des Ecrivains éclairés,
ſenſibles, éloquens, vraiment patriotiques, qui ont droit
d'être comparés aux anciens : vérité qui ne ſera ſentie
que lors que les haines & l'orgueil des hommes contemporains ſeront enſevelis avec eux; alors la juſtice & l'im-
partialité prononceront. Au reſte il ne s'agira dans ce
petit ouvrage que de la Littérature Françaiſe. Il y a cin-
quante ou ſoixante années que les Anglois nous ont de-
vancés preſque en tout genre, & nous ſommes, à leur
égard, en Littérature, ce qu'au nôtre ſont aujourd'hui
les autres peuples.

des Racine, des Boileau, des Nicole, des Bossuet, &c. Mais il y a aujourd'hui plusieurs gens de Lettres, non moins éloquens & plus utiles qu'ne l'ont été ces grands-hommes, conséquemment plus respectables par l'usage qu'ils font de leurs talens. Ils ont toujours devant les yeux, la Patrie & l'Humanité, & leur offrent toutes leurs pensées; ils dissipent, autant qu'il leur est possible, les erreurs plus funestes encore dans des temps de lumiere, que dans des tems absolument barbares. Ce sont eux qui ont développé tous ces heureux principes qui donnent lieu aux Nations d'espérer une plus grande félicité, & soit qu'ils écrivent l'histoire, soit qu'ils traitent la morale, ils font servir les évènemens passés à la situation actuelle des événemens.

Tout Écrivain est particulierement lié à la justice d'une maniere solemnelle & avant toute autre obligation. L'infraction de la justice est une injure faite au genre humain; voilà pourquoi tout Auteur digne de ce nom, sent vivement le tort que l'on fait à son semblable; il ne peut le tolérer. Il est le vengeur de la cause publique, & l'oppression qui est tombée sur son voisin, doit lui devenir personnelle; il ne peut se dispenser d'élever la voix, & l'Ecrivain le plus estimé, sera toujours celui qui réclamera avec plus de force, les droits imprescriptibles de la justice & de l'Humanité.

Tandis que l'envie, la méchanceté, l'ignorance

les attaquent (2) , ils méprifent des traits qui doivent mollir , parce que rien ne contrebalance la rénommée univerfelle. La fupériorité de leur raifon leur montre les fuffrages des hommes fenfibles , nés & à naître , & ils placent la récompenfe de leurs travaux dans l'amélioration des projets pour le bien public.

Peut-on donc trop honorer ces hommes fupérieurs , qui étendent nos lumieres , qui établiffent le Code moral des Nations , & les vertus civiles des particuliers ? Un Poëme , un Drame , un Roman qui peint vivement la vertu , modèle le Lecteur , fans qu'il s'en apperçoive , fur les perfonnages vertueux qui agiffent ; ils intéreffent , & l'Auteur a perfuadé la morale fans en parler. Il ne s'eft point enfoncé dans des difcuffions fouvent lèches & fatiguantes. Par l'art d'un travail caché , il nous a préfenté certaines qualités de l'âme revétues de ces images qui les font adopter. Il vous fait aimer ces actions généreufes : & l'homme qui réfifte aux réflexions , qui s'aigrit par les leçons dogmatiques ,

---

(2) La calomnie ardente s'eft furtout attachée aux gens de Lettres ; on les a peints comme perturbateurs des Empires , parce qu'ils fe font montrés les ennemis des Tyrans Vus de près , ils font un petit nombre de Citoyens épars dans l'Europe , gémiffans fur les malheurs de leur Patrie & fur ceux du genre humain ; mais le plus fouvent enveloppés dans une vertu fterile , ou du moins , dont les effets font fi lents, fi imperceptibles, que la précipitation d'efprit eft tentée quelquefois de les révoquer en doute.

chérit le pinceau naïf & pur qui met à profit la
senfibilité du cœur humain, pour lui enfeigner ce
que l'intérêt perfonnel & farouche repouffe ordinairement. L'Auteur fe fait écouter par le plaifir, &
les préceptes de la plus auftère morale fe trouvent
établis fans qu'on ait découvert le but de l'Ecrivain;
pectora mollefcunt.

Qui croirait au premier coup d'œil, que les découvertes, les inventions utiles, les Arts méchani-
niques, les meilleurs fyftêmes politiques dépendent
de la culture des belles Lettres ? Elles ont toujours
précédé les fciences profondes ; elles ont décoré
leur furface, & c'eft par cet artifice ingénieux que
la Nation les a d'abord adoptées, puis chéries. Tout
eft du reffort de l'imagination & du fentiment ;
même les chofes qui en femblent le plus éloignées.
Il fuffit même quelquefois de faire poindre l'aurore
des Lettres dans une contrée barbare, pour lui
donner bientôt les Arts folides & les inventions
hardies. Cet enchaînement eft de fait chez toutes
les Nations, & la vraie raifon n'en eft pas claire-
ment démontrée, finon que l'homme commence
par fentir, & que, dès qu'il fent, il ne tarde pas à
raifonner fes fenfations ; le monde moral reffemble peut-être au monde phyfique, où les fleurs pré-
cèdent conftamment les fruits ; & voilà de quoi
réconcilier les farouches ennemis des grâces, avec
les légers fectateurs de la brillante Littérature.

C'eſt donc de cette premiere impulſion que dépendent les bonnes loix. Il ſemble qu'il faille néceſſairement commencer par les paroles , pour arriver
enſuite aux idées ; & l'on peut remarquer que tout
établiſſement a eu primitivement ·l'empreinte de
l'agréable & du beau. Seroit ce une marche conſ-
tante de la Nature? Ainſi l'enfance de l'homme eſt
gracieuſe & riante , & l'âge mûr eſt utile. Ainſi
tous les Arts ſe montrent d'abord ſous une ſuperficie brillante & parlent à la ſenſibilité de l'homme
bien avant de former ſa raiſon.

Mais qui ſçait obſerver la marche de l'eſprit humain , voit qu'inſenſiblement tous les genres d'é-
crire s'appliquent à la morale politique. C'eſt le
grand intérêt de l'homme & des Nations. Les Ecrivains tendent à ce but utile. La morale n'eſt ni triſte ,
ni fâcheuſe , ni ſombre ; on peut intéreſſer, amu-
ſer , plaire , tout en inſtruiſant. Les eſprits vraiment
ſolides , les âmes vigoureuſes ne dédaignent point ce
qui peut en détail diſtribuer la ſcience , en la parant
des couleurs de l'imagination ; une Pièce de Théâtre
même (fût-ce un Opéra-comique) peut devenir
un peu moins frivole & paroître encore plus atta-
chante. *C'eſt l'office des gens de bien* , dit Montagne ,
de peindre la vertu la plus belle qui ſe puiſſe.

Si le but principal des Arts doit réſider dans
l'élévation de l'âme , c'eſt-à-dire , dans tout ce qui
peut porter l'homme à un ſentiment de grandeur
& lui inſpirer des idées nobles & intéreſſantes , il

a une bafe folide dans l'idée de la grandeur de fon être , idée quelquefois confufe ; mais il ne s'agit que de déployer en lui cet inftinct. Comme la lecture des grands dévouemens échauffe l'imagination ! comme on goûte les traits fublimes des Poètes & des Orateurs ! Ainfi tout ce qui tend à élever un homme au-deffus de ce qu'il fe croyoit , eft pour l'efprit humain une efpèce de triomphe qui le flatte; & nous aimons jufqu'aux images phyfiques , quand nous pouvons nous familiarifer avec des objets grands & terribles fans aucun danger , comme avec une bataille , un voyage dans les mers du Pôle , un dans la folitude effrayante des forêts. Alors la vaftitude de l'objet imprime un intérêt plus vif; parce que tout ce qui a de la grandeur , & tout ce qui offre des images fortes , a des droits inconteftables fur nous.

Cependant lorfque quelqu'un a fait un livre de Politique ou de Morale , fur le champ on lui répète le refrein accoutumé : *Travaux impuiffans ! Peines perdues ! Les mœurs ne changent point. Les abus feront toujours les mêmes. Rien ne peut rompre leur impulfion établie ; les hommes feront toujours ce qu'ils font* (3); *les Chefs des Nations ce qu'ils ont été.* Cela

---

(3) Rien n'eft plus faux que les déclamations par lefquelles on prétend prouver que l'homme ne fe corrige pas. N'eft-ce point dire en d'autres termes , que la raifon

eſt bientôt dit. Mais l'expérience vient démentir viſiblement cette aſſertion. Depuis trente ans ſeulement, il s'eſt fait une grande & importante révolution dans nos idées ; l'opinion publique a aujourd'hui en Europe une force prépondérante , à laquelle on ne réſiſte pas. Ainſi , en eſtimant le progrès des lumières & le changement qu'elles doivent enfanter, il eſt permis d'eſpérer qu'elles apporteront au monde le plus grand bien , & que les tyrans de toute eſpèce frémiront devant ce cri univerſel qui retentit & ſe prolonge pour remplir & éveiller l'Europe.

C'eſt par le moyen des Lettres & des Ecrivains que les idées ſaines , depuis trente ans , ont parcouru avec rapidité toutes les Provinces de la France, qu'il s'y eſt formé d'excellens eſprits dans la Magiſtrature. Tous les Citoyens éclairés agiſſent aujourd'hui preſque dans le même ſens. Les idées nouvelles ont circulé ſans effort ; tout ce qui eſt relatif à l'inſtruction , eſt adopté courageuſement. L'eſprit d'obſervation enfin , qui ſe répand de toutes parts , nous promet les mêmes avan-

---

eſt impuiſſante ; que le vice eſt de toute néceſſité, que l'ordre ne peut ſuccéder au cahos ; que l'harmonie eſt une choſe imaginaire, & qu'il faut tolérer , ou plutôt laiſſer empirer les abus ? Si l'on eſt venu à bout d'en détruire pluſieurs, pourquoi n'acheveroit-on pas, avec le tems, l'ouvrage le plus important pour un peuple civiliſé ?

tages dont jouiffent quelques uns de nos heureux voifins. Les Écrivains ont répandu des tréfors véritables, en nous donnnant des idées plus faines, plus douces ; en nous infpirant les vertus faciles & indulgentes qui forment & embelliffent la fociété. Les *extendeurs* en morale ont paru ne point connaître l'homme, & irriter fes paffions, au-lieu de les rendre calmes & modérées. La pente, enfin, que les Lettres fuivent depuis quelques années, deviendra utile à l'Ilumanité, & ceux qui ne croient pas à leur falutaire influence, font des mécréans hypocrites. L'influence des Ecrivains eft telle, qu'ils peuvent aujourd'hui annoncer leur pouvoir, & ne point déguifer l'autorité légitime qu'ils ont fur les efprits. Affermis fur la bâfe de l'intérêt public & de la connoiffance réelle de l'homme, ils dirigeront les idées Nationales ; les volontés particulieres font entre leurs mains. La morale eft devenue l'étude principale des bons efprits, & la gloire Littéraire femble deftinée, dorénavant, à quiconque plaidera d'une voix plus ferme les intérêts refpectifs des Nations, citées au Tribunal de la Philofophie. Les Ecrivains, pénétrés de ces fonctions auguftes, feront jaloux de répondre à l'importance du dépôt, & l'on voit déjà la vérité courageufe s'élancer de tous les points. Il eft à préfumer que cette tendance générale produira une révolution heureufe.

Mais, comme il y a toujours des obſtacles au bien, il faut, après l'ouvrage de la vertu, l'ouvrage encore du tems, parce que lui ſeul rend la vertu commune & familiere. Il eſt curieux, en attendant, de conſidérer l'effort des eſprits depuis Philadelphie juſqu'à Veniſe. La Littérature univerſelle prend un caractère de morale politique, & les Capitales de l'Europe réfléchiſſent des lumieres qui deviennent plus fortes & plus éclatantes, par leur réunion : l'erreur doit céder à ce concours généreux. Les opérations ambitieuſes ou injuſtes ſeront réfrénées, à ce qu'il paroit, par tous ces yeux ouverts, ces langues promptes à parler, ces plumes prêtes à écrire.

Quoi qu'en diſent les eſprits détracteurs & chagrins, j'aime donc beaucoup mieux vivre aujourd'hui que d'avoir vécu il y a trois ou quatre ſiécles. Malgré pluſieurs reſtes de barbarie, une lumière ſalutaire veut nous environner ; deux grands fléaux de l'Humanité, la ſuperſtition & l'ignorance ne ſont peut-être point anéanties : mais, du moins, elles ſont terraſſées ; & leur voix, quand elle s'élève, paroît atroce ou ridicule.

La Philoſophie eſt ſemblable à un aſtre qui roule au-deſſus de la terre ; il doit éclairer ſucceſſivement tous les points du Globe ; tantôt ſes rayons ſont obliques, tantôt perpendiculaires ; mais ils doivent tôt ou tard entrer dans les yeux des Nations qui ſemblent les plus éloignées de recevoir leurs ſalutaires influences. Le Génie Philoſophique, qu'on voudroit anéantir, est comme la poudre à Canon; resserré & captivé, son explosion sera toujours plus forte.

Heureux l'Etat dont les Chefs, ayant l'esprit Philosophique, favorisent ceux qui s'efforcent de l'acquérir; car il paroît que désormais les Arts, les Sciences & les Etats, suivront le sort de la Philosophie, & l'on peut voir que les gens sans études & sans Lettres, se polissent & s'enrichissent insensiblement (la plupart même, sans y penser) par les idées, les opinions & les vues nouvelles que les Philosophes ont répandues. Certaines classes d'Artisans ont trouvé moins d'inconvéniens & plus d'avantages dans leurs travaux, par la communication des lumières. Enfin les Philosophes ont détruit beaucoup de superstitions dangereuses.

Gardons-nous de renoncer à cet esprit actif & nouveau, qui tend à pénétrer les différens objets pour les lier ensemble. N'allons pas éteindre une clarté naissante, qui doit nous guider plus loin; nous sommes nés pour connoître & pour perfectionner notre entendement; ce desir dévorant de connoître, est le plus noble attribut de l'homme; qu'il en soit toujours jaloux. Les ténèbres les plus épaisses nous environnoient, nous en sortons; que ce ne soit pas pour y rentrer volontairement.

On dira : si la science nous éclaire, c'est sur notre misère réelle; elle nous offre sous un jour trop

vrai notre pauvreté, notre faibleffe & notre malheur. Eh bien ! s'il le faut, foyons un peu moins
orgueilleux de nos découvertes, un peu moins fatisfaits de nous-mêmes, & contentons notre curiofité. A l'exemple de Prométhée, raviffons le feu
célefte, duffions nous encourir le même châtiment.
Puifque la Nature, ufuriere, nous vend tout fi chè-
rement, payons-la en hommes fiers & généreux ; &
qu'importe une petite fomme de malheurs, ajoûtée
aux infortunes qui nous environnent, pourvu que
nous établiffions, avec une certaine dignité, la fupériorité de notre être ?

Je ne veux point de ce bonheur, où l'homme
conferve fa rudeffe primitive, où tranquile par ignorance, il doit fon repos à la groffiéreté de fes fenfations. Qu'elle tombe, cette écorce d'infenfibilité ;
qu'apprenant à voir, à fentir, il s'élève vers les
voluptés exquifes qui conftituent les plaifirs de
l'âme. Qu'il connoiffe l'ordre & l'harmonie ; qu'il
contemple le beau, empreint dans tous les objets
de la Nature. Une félicité négative n'eft point du
goût de l'homme raifonnable & fenfible : il préfé-
rera une plus grande dofe de fouffrances à cette
apathie qui ne le rapprocheroit du bonheur, qu'en
le rapprochant des êtres inanimés.

On objectera encore que la fcience eft, au fond,
fort peu de chofe, & qu'il eft impoffible à l'homme
de la faifir ; mais, s'il en ravit la portion qui lui eft

néceſſaire, s'il la cultive pour ſon intérét préſent, que
devient le reproche qu'on lui fait alors, de ſe trouver
pauvre par les idées, ne pourra-t-il pas toujours devenir riche par le cœur; c'eſt-à-dire, par le ſentiment
qu'il aura de lui-même & de ſes ſemblables? Eh bien!
s'il le faut, abandonnons ces plans préſomptueux
de l'Univers, ces rêves d'imagination, ces ſyſté-
mes curieux & indéchiffrables, rentrons en nous-
mêmes. Qui peut alors donner des bornes à nos
ſenſations les plus chères, à notre amour, à notre
amitié, à notre admiration, à ce calme élevé, qui
nous fait juger le point où nous ſommes, & le
point que nous avons à parcourir, qui ne nous fait
ni trembler de l'avenir, ni le braver; qui, tout
faibles qu'on nous appelle, nous met au vrai niveau
de toutes les choſes créées, en nous faiſant voir le
rouage que nous occupons, ſans être effrayés de la
rotation de la machine?

L'homme doué d'une ſenſibilité exquiſe, à la
vue des erreurs, des folies, des trahiſons dont il
ſera le témoin, ſe réfugiera dans un monde intel-
lectuel, qu'il formera à ſon gré & qu'il habitera;
alors, il ſera loin des méchans, & c'eſt dans ſon
propre cœur que l'homme de bien doit chercher
aujourd'hui ſon plus cher aſyle (4).

---

4) Il faut travailler avec ſoin l'intérieur de notre âme,
qui eſt le ſanctuaire où réſident les images & les penſées.

Tel eſt l'homme de Lettres : lorſqu'il écrit , lorſqu'il abandonne ſon âme pour l'inſtruction de ſes
ſemblables , le Génie qui le tourmente eſt un deſ-
pote. Il commande & ne veut point être ſervi à
demi. Il veut toutes les heures. Il a ſemblé dire à
certains Ecrivains : Je ne me contente pas du tems
que vous croyez avoir de reſte ; vous n'aurez que
celui que je vous laiſſerai. Alors, il fait diſparoî-
tre la reſſemblance ordinaire qui ſe trouve entre
les hommes. Il fait d'un Ecrivain , un être à
part. Le tems ſemble avoir pour lui ſeul des reſſources extraordinaires. Il brille dans un court eſ-
pace de la vie. Il n'exiſte qu'un inſtant , & il éclaire
des ſiécles. Mais ce qui le fatigue le plus , ce qui
lui fait plus de peine , c'eſt de rencontrer ſur ſon
chemin , de ces hommes abſolument dépourvus de

La ſcience n'eſt faite que pour nous conduire à la morale qui nous eſt néceſſaire ; à !a morale qui nous apprend à être patients , modérés , doux , & qui, en nous
parlant de nos ſemblables , nous enſeigne tout ce que
nous leur devons. Un Philoſophe qui médite ſeul , qui
ſcrute différens objets , qui les examine tranquillement
ſous tous leurs rapports , eſt plus en état d'approcher
de la vérité , qu'une aſſemblée d'hommes qui diſcutent ,
déliberent , argumentent ; & l'axiôme de Monteſquieu
eſt bien vrai , lorſqu'il dit que *plus les têtes s'aſſemblent ,
plus elles ſe rétréciſſent.* Les Ecrivains ne doivent faire
corps que par leurs idées.

fenfibilité, qui ont les yeux environnés de miracles & qui ne les voient pas; immobiles devant les objets les plus frappans de la Nature, dédaignant les miracles des beaux Arts & leur utilité ; agités par les plaifirs vulgaires, qui rappellent tout au vil égoïfme, & qui raifonnent encore leur indifférence fur des objets de fentiment. Quoique l'homme de Lettres fe dife que de pareils hommes font nés tels, que leur caractère froid & flégmatique dépend de leur fang, il ne peut s'empêcher d'avoir pour eux cette antipathie qui doit fe rencontrer entre des âmes fi oppofées.

Ce qui chagrine encore l'homme qui a conçu le goût des grandes chofes, & (ce qui en eft la fuite) le goût des grands caractères, c'eft de voir jeter du ridicule fur une vertu qui tend à éclairer les hommes ; c'eft d'entendre une Epigramme maligne balancer un fuccès univerfel ; le dénigrement dédaigneux du fot (5) paroître à côté de la trom-

---

(5) En rencontrant cette efpèce d'hommes, que l'indifférence & la ftupidité condamnent à une éternelle enfance, le Philofophe occupé d'idées univerfelles & utiles eft tenté de dire, *eft-ce là mon prochain ?* Il a quelquefois occafion de répéter ce mot ; on le fufpecteroit orgueilleux ; non : c'eft une penfée involontaire, que la force de la fituation lui arrache : il ne peut échapper à la vérité qui lui eft offerte. Le mépris que certains hommes opulens ou en place, affectent pour les

pette éclattante de la renommée , & la nullité ôſer
quelques-fois , avec une eſpèce de ſuccès , inſul‑
ter au génie.

Il eſt encore un principe deſtructif des Sciences
& des Arts, d'autant plus perfide & dangereux ,
que , loin de révolter , il invite l'auditeur à devenir
complice : c'eſt l'eſprit ſaillant , qui, privé de juſteſſe
& quelquefois de droiture , fait taire l'eſprit ſim‑
ple & ſolide. Il eſt des formes d'argumens uſités
que l'on emploie pour établir des ſophiſmes bril‑
lans ; on cauſe avec feu & légèreté ; on n'eſt point
dépourvû de connoiſſances ni de fineſſe ; on a diſ‑
cuté avec grâce : il ne manque à tout ce qu'on a
dit , que le bon-ſens & la vérité.

Eclairons donc l'homme pour vaincre ſa réſiſtance
ou ſon inertie ; éclairons-le , non à demi , mais en
tout & partout. Les hommes en général ne ſont
pas méchans , mais ſéduits. Un ambitieux , un en‑
thouſiaſte , un fourbe les ménent , les exhortent,

gens de Lettres, vient moins de vanité , que d'une pro‑
fonde ignorance : car plus un homme ſe connoît , moins
il ſe porte à mépriſer les autres , & il ſçait ſurtout que
nous donnons droit de nous mépriſer , à ceux que nous
mépriſons injuſtement Les gens de Lettres ſont loin de
faire attention au prononcé de pareils hommes , parce
que mieux on les connoît , moins on reſſent leur mépris.
Enfin le droit de dédaigner la Philoſophie devroit coûter
au moins le ſoin & la peine de l'étudier.

les

les conduifent ; & l'ancien axiôme, *tout vice eft iffu d'ânerie*, mérite d'être renouvelé. On voit ce trifte réfultat à chaque page de l'Hiftoire. Si l'on effaçoit de la lifte des crimes (a dit quelqu'un), ceux qui ont été utiles à leurs auteurs, la maffe n'en paroî-troit pas diminuée.

Pauvre efprit humain, je le répète ; que tu as befoin de lumières ! Tu es près à chaque inftant de tomber dans les plus viles fuperftitions. Tu as adopté la forcellerie, la magie, l'aftrologie judi-ciaire ; & tes erreurs politiques, non moins monf-trueufes, ont fait gémir de pitié fur ton aveu-glement.

Sans les Sciences, l'homme feroit au-deffous de la brute. Sans la Minéralogie, l'Art de la Culture n'exifteroit pas. L'homme, fur le globe entier, ne feroit que ce que font les peuplades errantes de l'Amérique, qui dévorent la chair humaine, foit rotie avec de grandes broches de bois, foit bouillie dans des marmites. Ainfi la juftice, la gratitude & la miféricorde, dépendent d'avoir fçu trouver le morceau de fer qui compofe la charrue, la ferpe & la faucille.

La paix & la concorde qui doivent régner entre les hommes font intimement liées à la découverte des Arts ; ce n'eft que par eux qu'ils deviendront forts, puiffans, heureux : ou les ténèbres totales de la barbarie, ou le jour éclatant de la lumiere

B

la plus épurée, (6) point de milieu. Le mélange
douteux feroit la fituation la plus funefte. Le plus

---

(6) Dès qu'un peuple eft arrivé au point d'avoir goûté
les Sciences & les Arts, il faut qu'il les pouffe au plus
haut degré de perfection, s'il ne veut pas augmenter fes
maux. Eloignés une fois de la fimplicité primitive de la
Nature (état indigent par lui-même), les hommes réunis
en grandes fociétés, ont befoin d'une police profonde;
parce que leurs intérêts étant embrouillés, il faut de l'art
pour les concilier & les rendre refpectivement utiles. La
Philofophie devient très-néceffaire pour donner à l'édifice focial, une bafe folide & l'orner de tous les agré-
mens poffibles. Il faut parer à une foule incroyable de
caufes deftructives; & c'eft au Génie doué d'une activité
bienfaifante, à veiller pour faifir d'un coup-d'œil, les
maux & les remèdes. La Légiflation perfectionnée rend
à l'homme fa liberté primitive, & le fait jouir de mille
avantages nouveaux. Que de befoins l'homme a à fatisfaire! ils effrayent au premier coup-d'œil: mais le concours des bras & des lumières, le commerce réciproque
des travaux & des fervices, au milieu d'une conftitu-
tion qui paroit compliquée, établiffent l'ordre, l'harmonie. Ces befoins fi multipliés fe trouvent fatisfaits
comme par enchantement; de maniere que les maux
inévitables dont la Nature a chargé l'homme, font même
adoucis & quelquefois métamorphofés en plaifirs. Ainfi,
grâce à fa perfectibilité, l'homme par des gradations infenfibles, peut parvenir à rendre l'état focial plus doux
& plus defirable que l'état primitif de la Nature même,
de quelques couleurs véritables, ou romanefques qu'on
le pare & qu'on l'environne.

beau don que le Ciel, en fa clémence, ait fait à l'homme, changera bientôt la face de l'Univers ; l'Imprimerie verra fortir de fes cafes étroites, les idées grandes & généreufes auxquelles il fera impoffible que l'homme réfifte ; il les adoptera malgré lui, & l'effet en eft dèja vifible. L'Imprimerie eft à peine née ; & tout a une pente générale & bien marquée vers la perfection. Les idées font plus faines, le defpotifme s'eft civilifé & l'Humanité eft plus refpectée ; de toutes parts on cherche, on fcrute, on examine, on travaille au démoliffement du vieux temple de l'erreur ; on tourne toute fon attention vers le bien public & général. Tout reçoit l'empreinte de l'utilité. Pour bien comprendre cette vérité, il ne faut point circonfcrire fa vue dans les murailles de Paris ; il faut envifager l'Europe ; voir les établiffemens nombreux & utiles qui s'élèvent de toutes parts, paffer les mers ; regarder l'Amérique & méditer fur la révolution étonnante qui s'y prépare (7).

---

(7) C'eft peut-être en Amérique, que le genre-humain va fe refondre ; qu'il doit adopter une Légiflation neuve & fublime, qu'il va perfectionner les Sciences & les Arts & repréfenter les anciens peuples. Afyle de la liberté, les âmes de la Grèce, les âmes fortes & généreufes y croîtront ou s'y rendront, & ce grand exemple donné à l'Univers, prouvera ce que peut l'homme, quand il met en dépôt commun fon courage & fes lumieres.

Les moyens pour le bonheur univerfel, font déjà indiqués. Il ne s'agit plus que du développement; & de-là à la pratique, il n'y a qu'un pas. Voyez fi telle idée conçue il y a trente ans, ne fe

---

Que les débats uniformes des Européens pour ne rien changer à la face de l'Europe, commencent à m'excéder! Des guerres longues & fanglantes, pour quelques poffef-fions incertaines, n'ont point fait changer de fituation à aucun peuple ; les limites des Etats font à-peu-près les mêmes ; le vainqueur après dix campagnes, reffemble au vaincu ; l'affaibliffement eft univerfel ; il faudroit pour me fatisfaire, des tableaux plus neufs ; avec quel plaifir j'apprendrois la découverte de quelque peuple policé, caché dans l'Amérique feptentrionale & qui offriroit fubitement à nos regards étonnés, des arts qu'il auroit découverts auffi de fon côté: on nous parle déjà des Tahu-glank, fitués au Nord du nouveau Mexique, vers le 241e. degré de longitude. On nous en parle, & je voudrois me livrer à cette efpérance. Quel étonnement pour nous autres Européens, qui nous croyons les plus avancés dans les Sciences & les Arts, fi nous allions trouver des peuples civilifés qui nous furpafferoient en bonheur comme en connoiffances, des peuples faits pour changer fubitement nos idées, & les plus fortement imprimées dans notre cerveau. Les voyages dans la mer du Sud, ont déjà fait rêver les moraliftes. Que d'objets de comparaifon ! Quelle foule d'inftructions & de lumieres. L'hiftoire de ce peuple ifolé feroit plus curieufe que celle de tous les peuples connus, anciens & modernes. Abfolument féparé du refte de l'Univers, tout

trouve pas réalité aujourd'hui ; & jugez de la force
de la raison humaine. Quand le Génie lui a prêté
le tonnerre de sa voix majestueuse, quel peuple,
tôt ou tard, ne l'entend point, ne se réveille point
de la léthargie où il sommeilloit.

Et pour nous prêter ici à des idées particulieres,
pour ne point toucher à des objets délicats & que
le tems & le lieu où nous imprimons, ne nous
permettent pas de traiter, pour donner un exemple
simple, plus naturel & plus facile, que ne feroit-
on pas de la Poèsie Dramatique, si le Légiflateur
savoit l'employer : s'il livroit au Poète ses loix,
en lui disant : colore ces saintes effigies de la vertu
& fais que tout le monde se prosterne devant elles ;
emploie l'énergie de ton Art, pour imprimer la
majesté à tout ce que doit révérer un peuple. Alors
le Poète, transporté de ce grand objet, trouveroit
les images & les fictions propres à animer les ora-
cles de la raison, & revêtue de tous les charmes
de l'éloquence, la loi seroit bientôt gravée dans
tous les cœurs.

---

chez lui parleroit au Philosophe. Mais, il n'y a que le
tems qui donne la réalité aux conjectures & qui amène
les découvertes transcendantes. Je ne cesserai de le répéter en gémissant : hélas ! Pourquoi suis-je né sitôt, &
que l'époque de ma vie n'a-t-elle été plutôt marquée dans
quelques siècles d'ici !

C'eſt ainſi que la Poèſie prenant un ton grave &
ſolemnel s'éloigneroit d'une petiteſſe factice. (8)
L'on n'entendroit plus une lyre faible & dégradée,
répéter un jargon conventionnel, s'applaudir dans
ſes plates imitations : ces perſonnages communs
& rebattus feroient place à d'autres diſtingués par

---

(8) Il eſt un paralèle bien monotone, qui revient ſans
ceſſe dans les converſations & qui m'ennuie étrangement.
C'eſt le paralèle de Corneille & de Racine. Avec une
lueur de Littérature, des ſots parlent une heure entiere
ſur cet objet, & ont l'air de dire quelque choſe. Cela
paſſe dans des brochures, que le plus petit Commis, au-
lieu de faire des bordereaux, fabrique avec une ſorte de
préſomption, & pluſieurs Journaux roulent, à l'appui
de trois ou quatre noms ſemblables inceſſament reſſaſſés.
On diroit que l'effort de l'eſprit humain, ſe trouve dans
une Tragédie Françoiſe, & rien de plus faux cependant :
je prendrai la peine de citer le trait ſuivant pour tous
ces petits faiſeurs de Pamphlets ſur l'Art Dramatique.
Un jeune homme vint prier Timothée, de lui apprendre à jouer de la flûte.——— N'avez-vous pas déjà eu quelques Maîtres, lui demanda le Poète ? Oui, répondit
le jeune homme. — Eh bien ! reprit Timothée, en de-
venant mon diſciple, vous me devrez une double récompenſe. — Pourquoi donc ? — Parce que j'aurai avec vous
une double peine. Il faut d'abord que je vous faſſe oublier
les principes dont vous êtes imbu, & que je vous enſeigne, enſuite, ce dont vous ne vous doutez ſeulement
pas.

une phyſionomie nouvelle : ils nous inſpireroient les idées dont nous avons beſoin ; car l'Art du grand Poète ſeroit de bien ſentir l'époque où il écrit , & de deviner ce qu'il faut au jour où ſa Pièce eſt repréſentée.

Pourquoi le Poète dédaigneroit-il d'abaiſſer ſon langage juſqu'à la cabane du moindre citoyen ? Eh ! n'a-t-il pas auſſi une âme pour entendre , pour être ſenſible ? Pourquoi ne participeroit-il pas à l'inſtruction publique ? (9) C'eſt dans les rangs les plus bas , que le point de vue ſous lequel il faut juger les Empires , ſe trouve ſouvent le plus avan-

---

(9) C'eſt dans la nature de l'homme , qu'il faut puiſer les règles de l'éloquence & du goût , & non dans les ouvrages de ceux qui nous ont précédés ; mais quand les pédans ont claſſé les genres , ont aſſigné à chacun certaines règles , ils gémiſſent & crient à la décadence , lorſque le public , juſte appréciateur , applaudit aux Ouvrages où ces règles puériles ne ſont point obſervées. La Poëſie Dramatique n'eſt point faite , peut-être , pour parler aux hommes ſupérieurs , aux Ecrivains du premier & même du ſecond ordre. Il y a des Philoſophes profonds pour cette claſſe diſtinguée ; elle n'eſt point faite non plus pour la populace groſſière & ignorante , qui , dans certains Gouvernemens , n'a point le germe de ce qui eſt beau & honnête ; elle eſt faite plutôt pour parler à la claſſe mitoyenne , qui a des idées de l'utile , de l'honnête , & de l'agréable ; idées confuſes que le Poète Dramatique développe ſous un aſpect riant , qui n'exclut pas le ſérieux.

B 4

tageux, parce que ce point de vue eft ordinairement le plus net.

La morale épurée & embellie feroit naître certaines maximes fondamentales, certaines notions di-
rectrices qui épureroient le code national.

Le propre des beaux arts eft de donner à nos
idées une tournure noble, & à notre efprit un caractere plus relevé ; le peuple cependant n'a point de
fpectacle ; l'art Dramatique femble fait en France
pour amufer l'ennui d'un petit nombre de fpectateurs, & les Poëtes modernes raffinent les traits au-
lieu de les rendre plus faillans & plus forts ; le tout
pour complaire à la partie de la nation la plus opu-
lente & la plus dédaigneufe. Tout fe fait pour ré-
créer l'oifiveté des riches, pour les tirer un moment
de leur orgueilleufe apathie, & la grande deftination
des arts de jour en jour s'efface & tombe dans
l'oubli.

Les chef-d'œuvres ne renaîtront que lorfque les
yeux de la nation entiere pourront s'attacher fur un
genre neuf & inconnu. Fier de l'empire abfolu qu'il
aura pris fur l'ancien (aujourd'hui trop ufé) il étalera
des beautés hardies & pittorefques, que l'on facrifie
ordinairement en faveur de quelques regles frivoles,
fondées fur la routine, appui des faibles Auteurs
& fléau de l'art.

Si Sophocle revenait au monde, il feroit fans
doute des piéces de Théâtre accommodées au fié-

cle où il écriroit : nos Poëtes en font de mauvaifes ,
en voulant les ajufter à celles des anciens. Il y a des
chofes que le tems a changées. *J'ai copié les anciens ,*
dira un Poëte : *Eh ! bien , mon ami , qu'ils te lifent.*
Les grands noms font toujous de grandes raifons
pour les petits génies. Nos Tragédies font mécha-
niques ; la main du machinifte s'y fait trop fentir ;
ce font des nœuds gordiens entrelacés , & l'Auteur fouvent fe donne toutes ces peines pour la premiere repréfentation. J'aime mieux l'âme que l'art ;
l'éloquence que l'adreffe ; le fentiment que l'écha-
faudage ; le Théâtre eft l'arène des paffions. Pourquoi une marche lente , étroite & combinée , fondée
d'après Ariftote ? Pourquoi le même protocole ?

Jufques à quand oubliera-t-on volontairement que
tout homme eft fufceptible de recevoir des idées
fenfibles , (10) & qu'il eft toujours un moyen fûr

---

(10) Prenez telle idée que vous voudrez , quand vous
l'aurez bien analyfée , aiguifée , raffinée , quinteffenciée ,
il faudra la réduire en fentiment , fi vous voulez qu'elle
foit connue & adoptée. Elle aura beau être claire , vive
& nette , fi elle ne touche pas le cœur de l'homme ,
elle reftera fans effet : la Poëfie defcriptive , par exemple ,
n'eft rien près de celle de fentiment. Ovide , au com-
mencement du fecond Livre des Métamorphofes , fait
une defcription pompeufe du Palais du Soleil , qui éblouit
l'œil de l'imagination ; mais tout magnifique , tout étin-
celant qu'eft le tableau du Poëte , on traverferoit bien-

de lui faire entendre ce qui peut contribuer à l'élévation de son âme & à l'amour de la vertu ?

Le vrai est sous nos yeux ; mais nous n'avons pas encore le courage de l'adopter ; la masse des esprits reste inactive, incertaine, pendant des années entiéres ; & dès que l'on veut se donner un air capable dans le monde, on répète avec emphâse cet axiôme : *Rien de nouveau.*

De nos jours, cependant, plus d'une nouvelle invention a paru ; elle ne pouvoit pas être absolument isolée ; il falloit qu'elle partît de principes connus : on nous dit : *nous savions cela*, & il n'en est rien. Comme il est impossible que les premiers linéamens n'aient pas pré-existé avant la découverte moderne, l'ingratitude se manifeste envers l'inventeur, & ce n'est qu'après mille contradictions qu'on lui fait essuyer, qu'alors on lui rend une justice tardive ; encore cette justice est-elle concentrée dans un petit nombre de Juges, & sa renommée est pour

---

tôt cette éclatante & superbe demeure, pour en sortir, si, tout-à-coup, on n'entendoit les craintes, les allarmes du père de Phaëton sur la demande téméraire & audacieuse de son fils. C'est sa tendresse, la force du sentiment qui l'anime, quand il prodigue ses conseils au jeune téméraire qui fait pâlir tout l'éclat du Palais & qui fixe toute notre attention sur la douleur d'un père, qui gémit, en apprenant le danger que va courir le tendre objet de ses inquiétudes.

ainſi dire un ſecret, qui ne ſe développera que dans la génération ſuivante (11).

Il y a tant de démarches à faire avant que de tirer une vérité des ténèbres qu'il ne faudroit point rejeter les premiers eſſais, quelqu'informes qu'ils fuſſent; une ſimple lueur a quelque fois conduit à l'idée de poſſibilité; & d'une penſée d'abord conjecturale on eſt parvenu à la vraiſemblance. Le génie s'en empare & lui donne ce trait de lumiére qui rayonne dans tous les eſprits. Il va même au-delà. Emporté par ſa chaleur naturelle, tout en répandant la clarté la plus vive, il s'environne de fumée, & l'obſervation eſt profonde de celui qui a dit qu'après l'apparition de l'homme de génie, il falloit la naiſſance de l'eſprit juſte pour rectifier les erreurs qui ont un certain éclat, quand elles ſont mêlées à d'auguſtes vérités.

La fureur de dire *tout eſt dit*, n'eſt donc qu'une injuſtice & une malignité qui tendent à rabaiſſer l'homme inventif. Dès qu'il paroît un homme de génie, un Deſcartes, un Lock, &c. On crie au plagiaire, comme ſi ce n'étoit pas à la ſuite de mille

_____

(11) Qu'eſt-ce que la Renommée? Elle eſt ſoumiſe comme tout le reſte au cours des évènemens. Tel Ecrivain de nos jours peu eſtimé, paſſera peut-être dans deux-mille ans, pour un Ecrivain ſupérieur; cela dépend de la marche des idées, & il y a ſous nos yeux des Ouvrages dont nous ne ſentons pas tout le prix, ſoit parce

obfervations particulieres que l'homme de génie élève fon fyftême, ancien par les détails, nouveau par la ftructure ; comme fi l'on pouvoit tout créer, comme fi ce qui étoit & ce qu'on ne voyoit pas, n'é-toit pas comme nul ; comme fi une idée abfolu-ment neuve, ne feroit peut-être pas pour le genre humain une idée abfolument inintelligible.

Le génie fubit le deftin du defpotifme ; on s'hu-milie devant lui, mais en même-tems on cherche à le détrôner. Comme le génie, par fon éclat & fon afcendant, rompt le fentiment d'égalité, naturel à chaque être, quoique fes effets foient paifibles & utiles à la fociété, l'homme vulgaire s'indigne de cette fupériorité qui femble attribuer à un feul homme une forte d'empire fur fes femblables.

Il eft conftant que les fciences ne font rien, lorf-qu'elles font féparées ; que ce n'eft que par leur rapprochement qu'ells fe prêtent un appui mutuel & folide. Il faut avoir auffi le germe des vérités que contient un ouvrage pour le bien goûter. Sans cela le fublime & la profondeur des penfées paffent de-

---

qu'un certain vernis impofteur leur manque, foit parce que la trompette Littéraire ne les a point fuffifamment annoncés. D'ailleurs le François relit peu. Les meilleurs Ouvrages vieilliffent pour lui. On lira plus dans cent ans tel Ouvrage, imprimé il y a dix ans, qu'on ne le lit aujourd'hui.

vant nos yeux , comme le fpe&acle de l'univers
paffe devant certains yeux inattentifs & vulgaires.
Toutes les idées , allant au dépôt où fe prépare chaque découverte, fermentent dans un mouvement infenfible, & les lumiéres nationales ne peuvent briller
qu'à l'aide du tribut des connoiffances particulieres ;
elles fe fondent, fe mêlent & produifent alors cette
clarté qui diftingue les Empires & les fiécles. Il ne faut
donc point prendre les bornes de notre entendement
& la brievété de notre vie pour une conféquence
jufte de l'impoffibilité qu'il y auroit à lier enfemble
les arts & les fciences. *L'Efprit d'un feul s'épuife , &*
non l'efprit humain, a dit un Poëte , & ce vers penfé,
mérite d'être connu (12) ; il faut parcourir à ce qu'il

---

(12) Oui ; mais l'efpèce entiere ne fait pas ce que fait tel
individu à l'œil d'aigle : le tems feul lui manque. Que
ne ferait pas l'homme avec le tems & jufqu'où n'élève-
roit-il pas fes travaux ? Pourquoi ne peut-on pas enter
un homme fur un autre homme , comme on ente un
jeune rejetton fur un arbre déjà vieux ? Figurez-vous
Bâcon , Defcartes, Newton , Galilée, ayant quelques milliers d'années à vivre & à penfer. Ils travailleroient avec
la Nature , & furprendroient à la longue tous fes fecrets.
Mais à peine éleve-t-on quelque édifice , que la main de
l'Architeéte fe glace, & que fon plan defcend avec lui
dans la tombe. Les générations fe fuccèdent , les travaux
fe recommencent : mais, femblable aux toiles d'araignées,
le rezeau fragile eft percé, lorfqu'à peine il s'étend.

paroît d'abord , la furface des fciences , avant d'en
approfondir une feule : car jamais on n'en poffedera
une , même imparfaitement ; jamais on ne pourra
tirer quelques fruits de fes connoiffances, fi l'on s'eft
borné à un feul point. C'eft de l'étendue du coup-
d'œil que jaillit la force pénétrante de la penfée. La
morale eft fondée fur la phyfique ; la phyfique dépend
des mathématiques ; tout eft foumis à la métaphyfi-
que , & tout doit fe diriger vers la politique , c'eft-
à-dire, la perfection de la fociété (13).

Mais fans une fage liberté de penfer (14) , il n'y

---

(13) La permiffion d'écrire fans jufteffe & fans invention, donnée aux fots, n'eft pas funefte par elle-même,
mais parce qu'elle engendre des admirateurs , des fottifes les plus déraifonnables. Ils tirent les plus mauvaifes
conféquences des principes les plus vrais. Pour bien raifonner, il faut bien voir , & pour bien voir ; il faut voir
loin. Or, les vues courtes s'obftinant fur une vérité qu'il
leur eft impoffible de féconder , la vérité prend entre
leurs mains l'infuffifance la plus ftérile. Ces fots Auteurs
s'imaginent être moraliftes & politiques. Ils font plus in-
fupportables & plus dangereux, que s'ils étoient abfolument privés de toutes lumières.

(14) Tout Écrivain qui veut dire la vérité, ne fçauroit remuer la plume , fans bleffer néceffairemenr quelques corps. Il y a tant d'hommes intéreffés à la prolon-
gation de certains abus , tant de droits ufurpés , tant de
vieilles erreurs qui rapportent ; tant de fimulacres qu'encenfe le préjugé qu'on fe fait , même à fon infçu ; des

a plus d'écrivains , & conséquemment plus de sciences ni plus d'arts. Car leur liaison me semble démontrée ; & de fait , les artistes, cessant d'être éclairés par
cette classe d'hommes qui remontent toujours au
premier principe, deviendront des espèces d'auto-
mates façonnés à une seule & même routine. D'un
autre côté, sans la philosophie, les Romanciers, les
Poëtes dégénereront en compasseurs de phrâses, en
jolis arrangeurs de mots, égareront la pensée mâle
& fiére, l'atténueront & verseront une enluminure
dangereuse sur les objets sérieux qui intéressent
l'homme. Le persiflage , ou la mode , pour tout
dire (15) , remplacera la raison. Ainsi l'intolerance ,

---

ennemis cruels, qui vous haïssent toute votre vie , s'ils
ne peuvent vous persécuter ! Il faudroit qu'un Ecrivain
fût impassible, pour pouvoir donner un libre cours à son
âme. Il lui faut du moins le courage le plus soutenu ;
car il doit savoir d'avance , que les hommes ne lui par-
donneront point tout ce qui choque leurs prétentions ,
leur orgueil & même leurs caprices. C'est donc à lui de
garder le silence , ou de se tenir préparé à toutes les ven-
geances que les ennemis de la vérité exercent contre
ceux qui font valoir ses droits.

(15) Le Philosophe se croit quelquefois obligé de
sacrifier aux bisarreries & aux usages de la société : c'est
une erreur de sa part , & qui est même désavantageuse à
cette société : car qui rompra le torrent de ces folles habitudes, si ce n'est lui ? Qui ôsera le premier s'écarter de

appliquée à l'art d'écrire , ne l'anéantit pas (ce qui feroit plutôt à fouhaiter) , mais le dénature & l'avilit. Cette intolérance ruine l'édifice des connoiffances humaines, où doivent entrer tous les matériaux ; & fappe, dans fa bâfe, la puiffance réelle & la félicité future de l'homme.

Eh ! quel mal fait la philofophie ? Si elle parle quelquefois aux Rois d'un ton ferme & auftére , elle ne léve jamais contre eux un bras rebelle ou homicide. Elle ftipule pour leurs propres intéréts à leur infçu ; elle éloigne l'intrigue & l'ambition qui ne repofent jamais ; elle porte à la vertu pour l'amour de la vérité ; elle adoucit les mœurs , & occupée de grandes recherches , elle trace la théorie de la félicité des peuples ; elle fent que le refte ne lui appartient pas, & alors elle fe contente de faire des vœux. C'eft dans l'hiftoire que l'on voit empreinte cette grande vérité que les regnes où elle a préfidé ont véritablement é:é les régnes les plus heureux.

---

la route commune , & qui l'ôfera ? fi ce n'eft l'homme diftingué par fes lumieres & par fes mœurs ? Pourquoi donc le courage manque-t-il à celui qui a le front de braver la tyrannie ? C'eft qu'il redoute le ridicule , arme legère & perçante du beau monde ; & lorfqu'enfin les hommes , haraffés de leurs propres préjugés, confentiront à fecouer les plus tyranniques , ils feront tout étonnés que perfonne n'ait ôfé le premier porter la main à un édifice auffi fantaftique.

On

On ne peut guérir une erreur publique qu'en la combattant publiquement. Qui ofera dire qu'il n'y a point d'erreurs accréditées ? Quand l'homme s'eft une fois trompé, il ne peut effacer la méprife qu'en revenant fur fes pas, c'eft-à-dire, en oppofant un nouvel ouvrage à celui qui a été fait. Il feroit dangereux de ne pas laiffer à l'homme un moyen de renverfer les opinions erronnées qu'il a établies, dès qu'il en connoîtra le vuide & la fauffeté ; & s'il a été libre de produire fes premieres idées, il doit lui être également permis de fe rétracter.

L'homme vrai doit faire ce facrifice fans peine & fans effort, parce que l'homme vrai eft par excellence l'honnête-homme & l'ami des hommes. Je défirerois fort que chaque écrivain, en s'examinant de bonne-foi, ainfi qu'il examine & juge les autres, fe repréfentât une fois en fa vie un catalogue exact des idées qu'il a eues depuis fon enfance ; il s'étonneroit beaucoup plus lui-même des fingulières contradictions qu'il y trouveroit ; il fentiroit que, pour aller à la vérité, il faut commencer par être le jouet de bien des fantômes, & que l'entêtement eft le dernier terme de la fottife humaine ; l'individu ne repréfente que trop l'efpece ; & l'ignorance, l'erreur, la fuperftition, la foibleffe ont fait de l'efprit humain, à différentes époques, un être bien différent de lui-même.

Le bon-fens eft peut-être chez l'homme la fa-

C

culté la plus rare , & beaucoup plus rare que l'efprit même ; c'eft le bon-fens qui manque à plufieurs
hommes. Si on les examine bien , ils ont tous
plus d'efprit & d'imagination que de logique (15).
Le bon-fens furtout appartient moins à un peuple
livré au luxe. Ne fut-il pas un tems (& ce tems
touche au nôtre , & ces préjugés de Vifigoths ne font
pas entiérement détruits ;) ne fut-il pas un tems ,
dis-je , où la profeffion des armes étoit la feule dif-
tinguée, où les arts qui font l'aifance , le repos , les
commodités , la gloire , les plaifirs , la nourriture de
l'homme, étoient regardés avec mépris? Aujourd'hui

---

(15) Il en eft de même des Livres. En voulez-vous
la preuve authentique ? La voici. Dans les rues de la
Bibliothèque du Roi , on trouve deux-cents pieds de
Théologie myftique fur vingt de hauteur ; cent-cinquante
de la plus fine Scholaftique ; quarante toifes de Droit
Civil ; une muraille longue d'Hiftoires volumineufes
qui reffemblent parfaitement à des pierres de taille ; &
environ quatre-mille Poètes épiques, dramatiques, ly-
riques, &c. dans lefquels il n'y a pas dix traits de génie.
L'efprit fe trouve obfcurci dans cette multitude de fots
Livres , qui tiennent tant de place , & qui ne fervent qu'à
troubler l'efprit du Bibliothécaire qui ne peut venir à bout
de les arranger. Il ne faut pas pour cela mettre le feu à
cette nouvelle tour de Babylone : car les trois quarts &
demi de ces livres font utiles en ce qu'ils fervent à rap-
peler conftammenr à l'efprit de l'homme quelles furent ,
pendant tant de fiècles, fa fottife, fon abfurdité , fa dé-
mence , fon impéritie , &c.

encore un refte d'imbécillité barbare fubfiftant dans quelques efprits, refufe de mettre le Magiftrat, le négociant, l'artifte renommé fur la même ligne que le militaire. Le Philofophe les en dédommage bien, il eft vrai ; mais des idées faines & utiles à l'ordre politique ; trouvent encore des yeux fermés ou fafcinés ; le peuple en général (& ce mot renferme plufieurs claffes qui fe croient fupérieures), le peuple manque d'inftruction. Ce n'eft point là un petit inconvénient, parce que, pour fuivre & profeffer la vérité dans les moindres travaux, comme dans la conduite de fa vie, il faut avoir, des chofes, des notions exactes & préliminaires.

On prétend que chez les Chinois, (la fiction ici vaut bien l'hiftoire) des livres remplis de maximes morales, politiques, économiques font dans toutes les mains, & contribuent autant que les Loix à la tranquilité de l'État ; regardons ce trait comme un beau paffage du Télémaque ; il feroit à défirer qu'il y eût en France, beaucoup plus avancée dans les arts que la Chine, de pareils livres pour la multitude. Les uns font trop fins, les autres trop académiques, ceux-ci ne font pas affez épurés, d'autres font d'une prolixité décourageante. Qui ofera faire un cours de morale unie au fentiment, à l'ufage de ce bon peuple, de ce peuple fenfible, qui ne mérite pas le dédain du philofophe ? Et pourquoi n'auroit-on pas la louable ambition d'être enfin lu & entendu du

plus grand nombre , ainfi que faifoient les orateurs
& les philofophes anciens ? Ces aplaudiffemens ne
vaudroient-ils pas bien ceux que l'on reçoit devant
quelques perfonnes choifies & difpofées à admirer
d'avance la couleur & le ton de l'école. Le fecret
de l'idiôme univerfel feroit-il beaucoup plus difficile
à faifir que le fecret de l'idiôme qui plait au petit
nombre (16) ? Je le penfe.

(16 Le ftyle ferré , plein , nerveux , fentencieux ,
fort de chofes, eft le ftyle des penfeurs ; mais ce ftyle-là
n'eft point agréable , il aura peu de lecteurs. Ils préfére-
ront toujours une certaine abondance , une marche har-
monieufe , des mots amples qui aient de la grâce & de
la foupleffe. Fénelon plaît bien autrement que la Bruyère.
Plufieurs Auteurs ont affecté la précifion , parce qu'elle
donne un air de profondeur ; mais quelquefois auffi , elle
voîle la féchereffe de l'imagination. Le ftyle Géométri-
que convient peut-être à l'hiftoire , dont le principal défaut eft un déluge de faits & de raifonnemens vagues.
C'eft-là qu'il faut marquer avec foin & fuivre les rapports.
   On s'eft avifé depuis peu de vanter le ftyle des hommes
de Cour , comme le ftyle par excellence & même de le
propofer pour modèle. Je ne crois pas qu'il puiffe jamais
fubir l'épreuve de l'impreffion. Il eft fimple , dira-t-on.
D'accord ; mais pourquoi le ftyle des gens de Cour eft-
il fimple ? Par une bonne raifon ; c'eft paree qu'ils ne
montrent jamais de paffions. Elles ont perdu dans ce
pays , non feulement leur expreffion , mais jufqu'à leur
accent. Tout eft uniforme , parce que tout travaille der-

C'eſt à l'eſprit juſte que cette gloire paroît ré-
ſervée ; moins audacieux, moins hardi que l'homme de génie, il eſt ſouvent plus utile, il ſert l'Humanité ; &, comme dit M. Thomas, *quel plus beau
titre de gloire !*

Sous ce dernier point de vue les écrivains ne
pourront échapper à la haine jalouſe des méchants,
de ces hommes avides du malheur de leurs concitoyens ; & il faut avouer que la ligue établie contre
les écrivains patriotiques & généreux, devient de
jour en jour plus nombreuſe ; ce qui prouve qu'on
a ſenti leur force & leur pouvoir, & ce qui doit

---

rière la tapiſſerie. Il faut paroître ſerein, lorſqu'on brûle
d'ambition ; calme, lorſqu'on eſt dévoré des feux de la
vengeance. L'œil fixe ſon ennemi avec tranquilité ; point
de couleur prononcée, même légèrement. On évite juſqu'au ton de l'indifférence qui pourroit marquer & dire
quelque choſe.

Or, malgré les éloges prodigués à ce prétendu ſtyle,
il n'eſt point convenable à l'homme de Lettres, qui eſt
par eſſence l'homme paſſionné, parce qu'il faut qu'il ſe
pénètre, pour faire paſſer dans les autres les ſentimens
qu'il veut, ou plutôt qu'il doit leur donner.

J'aime l'innovateur, en fait de ſtyle ; il remplit la
langue de termes & de tours vigoureux. Je n'entends
point ici la création de mots nouveaux. J'entends une
ſignification neuve donnée à telle expreſſion ; des mouvemens plus précipités, des termes creuſés & approfondis.

C 3

conféquemment les encourager à de plus grands efforts.

Nos grands-hommes, fatigués par de pareils adverfaires, en bute aux calomnies & aux injures qu'ils ne peuvent même repouffer, font bien plus eftimables que ceux de la Grèce & de Rome, parce qu'ils ont à dompter chaque jour de nouveaux obftacles, & qu'ils ne font pas excités aux nobles actions d'une maniere fi puiffante. Chez les anciens peuples la confidération publique donnoit une efpèce d'apothéofe ; notre gloire eft terne en comparaifon de ces honneurs, de ces triomphes, de ces acclamations qui payoient les fervices rendus au genre-humain.

Pour fe délivrer parmi nous du fardeau de la reconnoiffance, on s'écrie de toutes parts : *le nombre des Auteurs eft immenfe.* Oui, de ceux qui ufurpent ce nom ou qui ont fait une feule brochure dans leur vie pour prouver qu'ils ne font pas abfolument des fots. Mais de fait, il n'y a point en France plus de trente Ecrivains (17) qui fuivent habituelle-

---

(17) A bien compter, il n'y en a pas davantage. Je ne parle pas ici des Médecins, des Jurifconfultes, des Chirurgiens, qui écrivent fur leur Art ; je ne parle pas des Compilateurs, des Journaliftes des Traducteurs, à tant la feuille ; eeux-ci font des manœuvres. Je ne mets dans la lifte des Ecrivains que j'ai eus en vue, que ceux qui donnent au Public des Ouvrages d'imagination ou de Philo-

ment la carrière , & conſtamment livrés à leur art.
Le dégoût, la ſéchereſſe, l'indigence, la crainte des
perſécutions , & ſurtout la pareſſe font ſortir les
trois quarts & demi de la carriére, dès qu'ils y ont
fait les premiers pas. Ils ſe jettent dans les *affaires* &
dans le chemin battu de la fortune ; pluſieurs Ecrivains célèbres même n'entretiennent leur renommée
que par quelques morceaux de proſe , ſemés à de
prudens intervalles , ou par quelques vers qu'ils ont
ſoin d'attacher habilement aux évenemens publics.
Or qu'eſt-ce que trente hommes faiſant profeſſion ou-
verte de ces honorables travaux , au milieu d'une
nation compoſée de près de vingt millions d'hommes ?

Les Ecrivains ſeroient dix fois plus nombreux ,
(18) qu'ils mériteroient encore d'être conſiderés ; car
ſous quelque rapport qu'on les enviſage , ils ſont
très-utiles. Outre le luſtre qu'ils impriment à la nation chez l'étranger (qui ſçait le nom de nos grands-

---

ſophie, & qui rempliſſent ſon attente par des productions
ſucceſſives qui arrivent tous les ans, ou à certaines époques encore plus éloignées, mais à-peu-près égales rela-
tivement à l'importance & à l'étendue de l'objet.

(18) Il y a plus d'hommes que de penſées ; & l'on a vu
des ſiécles paſſer , ſans rendre au dépôt commun une
ſeule idée juſte ou utile. Qu'eſt-ce donc qu'un Tacite,
qu'un Bâcon , qu'un Locke , qu'un Monteſquieu , qui ſe
ſont diſtingués au milieu du genre-humain , par la grandeur & le nombre des idées !

hommes, & qui ignore parfaitement celui de nos
grands feigneurs), l'amufement qu'ils procurent par
leurs productions, eft, de tous, le plus touchant, le
plus varié & le moins coûteux. Leurs livres, leurs
piéces de Théâtre, leur genre de vie, leurs rivali-
tés même, donnent lieu à des converfations intarif-
fables, qui font probablement les plus agréables de
toutes, puifque tout le monde y revient fi fréquemment; la vie d'une jolie femme eft moins fcrutée
que celle de tel homme célèbre.

On ne peut du moins leur refufer la gloire de
répandre dans la fociété un langage épuré, le goût du
fçavoir, la lumiere de la raifon : ils contribuent à rendre plus vif ce plaifir délicat des peuples policés, ce
charme de la converfation qui enfante tant de chofes
lumineufes & qui inftruit fouvent mieux que les livres.
Quelqu'un a appelé les gens de lettres eftimables,
les fubftituts de la Magiftrature. Ce mot eft très-
bien trouvé. Ils font auffi la police, en frondant les
vices & les abus ; en démafquant les vicieux, ils
aident fous un certain point de vue à rendre les hommes meilleurs & plus heureux ; ils guériffent des préjugés, diffipent des craintes, & rendent un fervice
effentiel à l'Humanité, en fervant l'économie générale : on les a vu s'élever contre les vices politiques, les ridicules dangereux, les opinions fauffes ;
ils ont fait valoir les droits de la raifon depuis la fa-
tyre Ménippée jufqu'à la derniere brochure politi-

que , & dans des crifes très-importantes , ils ont décidé l'opinion publique dont ils font les maîtres ; & elle a eu , d'après eux , la plus grande influence fur les évènemens. Ils femblent former enfin l'efprit national (19).

---

(19) Pouvoir de l'Ecriture, pouvoir divin & furnaturel! tu n'attires pas encore affez l'admiration. Par quel mécanifme , des mots tracés fur du papier , & dont l'influence , au premier coup-d'œil , paroîtroit devoir être peu confidérable, font-ils des impreffions fi durables , fi profondes ? L'idée de la réalité n'eft que paffagère , & le tableau , par les touches vives qu'il reçoit des mots , affecte d'avantage. Ce pouvoir de combiner rapidement des images & des idées , à l'aide de fimples figures , a vraiment quelque chofe d'étonnant & d'admirable. Des objets qui ne font jamais tombés fous les fens, deviennent fenfibles , & s'offrent réellement jufqu'à troubler & épouvanter nos efprits. Les mots frappent plus l'imagination que le feroit la chofe même. Il eft affez difficile de concevoir , comment les mots , femblables au ton de la voix , prennent un caractère d'attendriffement , de paffion , de crainte , de fouffrance , de mépris, d'orgueil ; comme quoi un caractère mort , inanimé , devient un langage éloquent , expreffif, qui fait répandre des larmes, qui anime, qui paffionne, qui tue. Par une fympathie prompte & rapide , nous faififfons le feu qui fe trouve allumé dans un autre. Les plus héroïques paffions ont une contagion naturelle. Démofthène enflamme fa République, & la précipite, malgré fes vrais intérêts , dans une guerre fatale. Peut-être auffi que les mots dans leur origine pri-

Les gens du monde, qui, par envie ou par ignorance, s'efforcent de rabaisser tout ce qui est au-dessus d'eux, secrettement irrités de voir qu'on ne parloit plus de leurs intrigues, de leurs armoiries, & qu'on s'occupoit moins de leurs personnes, voudroient, s'il leur étoit possible, humilier les gens de lettres comme des rivaux qui occupent à leur détriment les bouches de la Renommée. Ils ont imaginé en conséquence de rendre les gens de lettres responsables en corps de toutes les sottises que font quelques-uns d'entre eux. Si c'est un homme du

---

mitive, & qui n'ont pas encore reçu toutes les acceptions particulieres que crée une Société policée, ont plus de force & d'énergie. Ces mots peignent naïvement; & ceux qui les entendent, ne songent point encore à les soumettre à la froide analyse de la critique. Les peuples encore barbares ont sans doute une précision plus nerveuse, une chaleur plus vraie. Ils tiennent de plus près à la Nature: mais quand la langue devient ingénieuse, conformément à l'esprit des peuples, elle perd du côté de la force; elle acquiert une marche plus uniforme, plus exacte, plus polie, mais en même tems elle devient plus faible. Les mots dans l'origine d'une langue ont plus de brièveté, & expriment plus de choses à la fois. On les décompose, on les allonge, on les subdivise, on les énerve. A mesure que le peuple se polit, les mots prennent un rang comme les hommes. Il y en a de nobles, il y en a de bas; & cette inégalité est fondée, de même que l'autre, sur le caprice, le hazard & le cours bisarre des évènemens.

monde, on déguife fa faute, on la pallie, on l'excufe ; dès que c'eft un homme de lettres , on crie fur les toîts. Il faut obferver que les gens de lettres ne forment point un corps , & conféquemment n'ont point de jurifdiction les uns fur les autres. Ils ne peuvent impofer filence au folliculaire effronté , au détracteur infolent , au calomniateur , à l'écrivain fatyrique ou ordurier ; ils font ifolés dans leur genre de vie , ainfi que dans leurs travaux ; ils fe cherchent d'abord par curiofité , & fouvent ne fe cultivent point par le peu de reffemblance de leur caractere , car l'amitié ne fe commande pas (20) ; & pourvu qu'ils fe refpectent, on n'a rien à leur reprocher. Tel homme célèbre n'a jamais rencontré dans le cours de fa vie tel autre homme célèbre fon rival ou fon antagonifte , quoique habitans tous deux de la même ville ; il n'a ni le droit de réprimande , ni même le droit de remontrance ; chacun dans fa vie privée ne doit répondre que de fes œuvres , & quand fon confrére a fait une faute , il doit dire en gémiffant : *il a failli.*

Il me prend fantaifie de donner ici la lifte complette des inévitables ennemis des gens de lettres; on verra qu'ils font en nombre & en force. Commençons par les demi-Littérateurs. Comme les dé-

---

(20) On s'accommode mieux du commerce de ceux que l'on aime , que de la fociété de ceux qu'on admire.

ferteurs font les foldats les plus acharnés contre le régiment qu'ils ont quitté, & les apoftats, les ennemis les plus perfides de leur religion ; de même l'homme qui n'a pu réuffir dans les lettres, devient à coup fûr l'ennemi le plus implacable de ceux qui les cultivent. Oui, les adverfaires les plus fourds & les plus redoutables font bien ceux qui n'ont fait qu'un pas dans la carriere de la littérature, & qui fe font retirés foit par ambition, foit par impuiffance, foit renvoyés par les fifflets. Les lettres ont commencé le plus fouvent leur fortune, & ils font ingrats envers les lettres ; leur avancement eft un fecret reproche qui leur dit ce qu'ils voudroient fe déguifer à euxmêmes, qu'ils n'avoient que le talent de faire fortune.

Eh ! pourquoi, étant riches, envient-ils encore la célébrité orageufe de l'homme de lettres(21) ? Voici,

---

(21) Que le Potier porte envie au Potier, & le Forgeron au Forgeron, c'eft une maladie ancienne du cœur humain, qui fubfiftoit du tems d'Héfiode : mais qu'un Roi foit jaloux d'un Poète ; qu'un Courtifan le foit de la célébrité d'un Géomètre ; qu'un Magiftrat envie les applaudiffemens prodigués à un Comédien ; voilà ce qui fait déplorer la foibleffe de l'homme, & ce qu'on ne peut guères concevoir que d'après les faits.

Si l'on pouvoit ouvrir le cœur de l'envieux, dit un Ancien, on le verroit ulcèré, percé, déchiré, rongé de toutes parts, & tous fes tourmens infpireroient peut-être de la pitié. Quelle horrible fituation, que de ne pouvoir

fi je ne me trompe, le fecret du cœur humain plei-
nement dévoilé à cet égard. Les richeffes, tout ai-
mables qu'elles font, ne frappent qu'une feule fois
le cœur par leur éclat, & l'on ne leur paie pas un
tribut conftant d'eftime. Elles n'apportent rien de
perfonnel, rien de ce qui flatte tant l'amour-propre;
les dons du génie font brillans, exiftent par eux-
mêmes , & produifent une inépuifable curiofité.
Quelques perfonnes dînent chez un riche ; mais des
milliers d'hommes lifent un excellent ouvrage, &
ne font pas maîtres de ne point être reconnoiffans du
plaifir qu'ils ont eu ; voilà pourquoi les riches , au
milieu de leur opulence, font jaloux des hommes qui
cueillent les palmes de la littérature (22).

---

un inftant favourer le bonheur d'autrui, d'être tourmenté
du bien qui lui arrive, d'être condamné au fupplice de
toujours haïr & d'exhaler fans ceffe les gémiffemens fecrets d'une rage fourde contre tous talens , toutes vertus,
tous fuccès ! L'envieux vit au milieu des hommes, & il
ne peut les fouffrir, parce que chacun lui rappelle ce
qu'il n'a pas. Il eft né pour les ténèbres, & il ne peut
vivre avec lui même. Il fatigue fa déteftable vie , & les
infortunes d'autrui ne peuvent même lui donner l'affreux
contentement qu'il défire. Les plus à plaindre ne font
jamais auffi malheureux qu'il l'eft lui-même.

(22) Denys-le-tyran envoyoit aux carrières tout
homme de Lettres, qui ne l'admiroit pas affez. Néron
faifoit égorger ceux qui faifoient des vers mieux que lui.

Eh ! quel motif fi puiffant auroit un citoyen libre & vertueux d'honorer & d'eftimer celui qui n'eft que riche ? Voyons ce qu'il fait à Paris de fon argent , & de quelle maniere il l'emploie pour l'utilité générale. Le matin il fait enlever dans les marchés ce qu'il y a de plus beau & de meilleur pour fa table , & il laiffe le fretin aux fortunes médiocres ; paffe encore s'il ne gafpille point les dons nourriciers de la terre. Il occupe vingt hommes à faire les paillettes d'or & les broderies qui couvrent fon habit , lefquels vingt hommes pourroient faire des chofes plus néceffaires à la fociété. Il fort en équipage , il eftropie , ou , tout au moins , il éclabouffe l'honnête citoyen , retarde fa courfe à chaque coin de rue , & lui fait perdre le tems qu'il a à donner à fes affaires ; quand il parle , il eft hautain ou d'une politeffe affectée ; on voit bien dans fon air qu'il méprife quiconque n'eft pas riche comme lui , & fon coup-d'œil eft habile à toifer le revenu de celui qui l'approche ; il féduit l'innocence avec fon or , & la ravit au jeune cœur amoureux formé pour elle. Il dévore les limites qui touchent fes poffeffions ; car il a de quoi payer un Avocat , un Procu-

---

Il n'y a plus de Denys-le-tyran , ni de Néron ; mais il y a des Grands , qui, jaloux des titres les plus contradictoires , veulent dominer en tout , & font mille petites plaies fecrettes à ceux qui négligent de les flatter.

reur , un Rapporteur , & faire traîner en longueur
un procès qui fatigue & rebute l'humble & timide
propriétaire. Tandis qu'il jouit de tout avec abondance ; il paie l'impôt bien moins qu'un autre : car ,
tout payé , il lui refte cent-mille livres de rente , &
fur cent chétives piftoles , le pauvre rentier en
donne vingt-cinq au moins. Eft-il malade : le mé-
decin fe relevera à deux heures après minuit, ira
chez lui précipitamment ; & quoi qu'on en dife , prendra bien garde de le tuer, de peur de fe compro-
mettre. Pour peu qu'un riche ne foit pas un fot, on
lui donnera du goût : par conféquent il paffera pour
avoir de l'efprit ; & de-là au génie , il n'y a qu'un
pas : s'il ne fait point un beau livre , c'eft qu'il ne
le veut pas , & qu'il emploie mieux fon tems à d'il-
luftres affaires. Il dit mille impertinences , & on l'é-
coute, parce qu'on eft à fa table,& que fon gros cui-
finier au tact délicat a de la fineffe pour lui. Il fronde
hautement toute idée patriotique , pour peu qu'elle
tende à diminuer l'embonpoint exceffif qui fait mai-
grir tant d'autres ; il trouve fort mauvais de ce qu'on
traite publiquement de pareilles matieres. Il s'é-
tonne de ce qu'on n'arrête pas tous les ouvrages
qui ne font point remplis d'un refpect profond envers les traitans (23), & de ce qu'on ne célèbre pas ,

---

(23) On en eft venu aujourd'hui jufqu'à abfoudre les
Financiers ; on les plaint , on les juftifie. Les pauvres

par exemple, les fortunes rapides, comme les exploits guerriers & les talens littéraires.

Qu'il jouiffe de fes richeffes, d'accord; qu'il accumule autour de fa perfonne toutes les voluptés; qu'il s'en raffafie, à la bonne heure; les plaifirs qu'il achette lui appartiennent; qu'il les goûte en paix: mais pourquoi veut-il que je le confidere, que j'aie pour lui de la vénération ou de l'eftime? à quel titre? que me fait fon opulence? Elle n'eft utile qu'à lui feul; que toutes les jouiffances, je le répète, l'environnent dans fa maifon, j'y confens; mais que, hors de-là, il veuille bien avoir la condefcendance de devenir l'égal de celui qui ne veut rien de lui, qui ne lui démande rien, & furtout qui ne lui envie rien.

Je n'ai point vu les grands ou les riches (car c'eft bien aujourd'hui la même chofe); je les ai feulement entrevus, & voici au premier coup-d'œil la leçon expérimentale que j'ai reçue. Tout homme a de l'orgueil, je le fais: mais le leur eft ordinairement en raifon de leur crédit & de leur puiffance. Ils favent très-bien qu'ils peuvent offenfer impunément, & ils ufent volontiers de ce privilége; ils fe font

---

gens, dit-on! ils ne gagnent que la moitié de ce qu'ils gagnoient. Mais, ce qui eft de plus étonnant que ce difcours, c'eft qu'ils font parvenus, je ne fçais comment, à répandre ces idées dans le peuple.

une

une efpèce de devoir de méprifer tout ce qui n'eft pas eux ; le génie & la vertu les offufquent & les moleftent ; & ils voudroient ridiculifer la vertu & le génie, non par jaloufie, mais par haîne, parce qu'ils mettent fans ceffe leur fortune & leur rang à la place des devoirs de l'homme ; c'eft le bouclier fous lequel ils fe dérobent aux engagemens les plus facrés. Leur air de bonté n'eft ordinairement qu'un piége ou qu'un orgueil plus fin & plus raifonné. Leurs bienfaits font difpofés de maniere à inviter à l'ingratitude. Leur jargon brillant, leurs manières polies ne peuvent en impofer qu'aux fots. Il eft aifé de les juger & de voir qu'ils ont de petites âmes fort vaines, fort étroites, & des cerveaux fans lumieres utiles. Ils dévorent la patrie & ne la fervent pas ; ne fachant guères qu'intriguer pour faire le mal, rufer à la Cour, & tromper les petits à l'appât de leurs richeffes ; malheur à qui croit à leurs promeffes ! au refte, je le répete, je ne les connois pas ; je n'ai point été à portée de les étudier ; la conformation de mon œil qui voit les hommes nuds, & l'habitude où je fuis de les juger abfolument dépouillés de leurs titres, ne m'a fait jeter qu'un regard furtif fur leur perfonne : mais fage par l'expérience d'autrui, je n'ai point voulu acheter cherement celle qui me manque. Je me fouviens ici d'un mot : *à quel point le mérite s'encanaille !* difoit tout bas un Auteur obligé de vifiter des Grands. Cependant je me

D

rappelle un excellent trait de la Bruyere, qui diſoit fort ſpirituellement : *il faut aller voir quelquefois les Grands, non pour eux, mais pour les hommes d'eſprit & de mérite que l'on rencontre auprès d'eux.*

Il eſt une autre eſpece de riches qui ont tacitement une prétention ſecrette à l'eſprit ; ils veulent vous perſuader dans certains momens d'effuſion d'âme, qu'ils ont des talens aſſez humbles pour demeurer volontairement obſcurs ; qu'une pudeur modeſte les empêche d'enlever les faveurs de la gloire ; qu'ils veulent bien les laiſſer à d'autres par pure complaiſance ; qu'ils dédaignent enfin le laurier dont ils auroient pu ceindre leur front (22). Je croirai à cela, diſoit ingénieuſement quelqu'un, quand j'aurai vu une belle femme ſe dérober conſtamment au tribut d'admiration qu'excite ſa préſence.

Autres fléaux de la littérature, harpies qui dévorent ſon ſein. Ce ſont ces miſérables ſans talens, qui, avec l'inſolence qui caractériſe l'effronterie ou la baſſeſſe, ôſent ſe jeter dans la carrière pour y attaquer ceux qui courent, y courant quelque fois eux-mêmes ; furieux de leur chûte, ils arment la ſatyre,

---

(22) Malheur à l'homme également dominé par la pareſſe & la vanité, qui veut étaler des connoiſſances en public, & qui a toutes les peines du monde à dompter ſa pareſſe dans le cabinet ! Il paſſe ſa vie dans les anxiétés d'un travail qui lui déplaît & dans la vaine attente d'une renommée qu'il pourſuit en haletant.

& au défaut du génie, ils cherchent plutôt à flétrir les lauriers d'autrui, qu'à se couronner eux-mêmes : ils ôfent parler *de goût* en offenfant l'honnêteté publique, en outrageant un citoyen paifible fur lequel ils s'arrogent le droit que prend la plus vile populace, le droit de dire des injures : ils infeftent une carriere honorable qu'ils fouillent de leurs excès, leur nom devient fynonyme de méchant, & ils s'accoutument à le porter; ils s'endurciffent par la honte ; & le mépris ne les touche plus, parce que l'argent de quelques feuilles leur fait oublier ce qu'ils perdent en eftime.

Que cette fureur d'imprimer des invectives, au nom du Dieu du Goût (23), eft loin de la généreufe

_____

(23) En fait de goût, nous jugeons par nos habitudes : nous croyons notre Poèfie fupérieure à celle de nos voifins, qui ne peuvent guères fouffrir la nôtre, & les Nations difent comme les Sociétés, *nous fommes les feuls qui avons de l'efprit.* Quand un Ecrivain ne peut pas établir dans l'opinion publique la fupériorité de fon talent, il tâche d'y établir la fupériorité de fon goût ; c'eft toujours un dédommagement : mais fi le premier mérite d'un Ouvrage, comme perfonne ne le contefte, eft l'utilité, la beauté de ce même Ouvrage eft livrée à des difputes éternelles, & les hommes, d'accord fur le premier point, ne le feront jamais fur le fecond, parce que chacun fent différemment.

Quoi de plus ridicule donc, que de fe donner pour le diftributeur de la louange & du blâme, fur des matières

émulation qui anime le jeune homme , répondant à ſes rivaux par de nouveaux ouvrages , & laiſſant le folliculaire ſe conſumer trois fois le mois dans ſa baſſeſſe envieuſe & ſtérile.

D'autres (& j'en ai connus) traînent hardiment dans pluſieurs maiſons le titre d'hommes de lettres pour mieux voiler leur nullité , leur inſuffiſance , leur pareſſe , ou même pour exercer , à l'abri de ce nom , de vils métiers ; & plus le titre qu'ils uſurpent écarte d'idées défavorables , plus ils ſe livrent à une obſcure & baſſe avidité. Ce ſont des impoſteurs qu'il eſt bon de démaſquer.

Il n'eſt donc pas étonnant qu'il y ait anarchie dans la République des Lettres. Il y a tant d'intrus , tant d'aſpirants , tant d'abboyeurs , que , comme dans toutes les aſſemblées tumultueuſes , chacun y parle , ſans entendre ſon voiſin ; tel n'y vient que pour embarraſſer , étourdir les oreilles d'autrui ; on voit un pédant faire de gros volumes ſur quelques vers jugés il y a trente ans , & noyer dans un déluge

---

proprement de goût ! Chacun n'a-t-il pas le droit de juger , & l'homme qui ne peut me faire goûter ſes écrits parviendra-t-il à m'empêcher de lire ceux d'autrui ? Il faudroit que les Gens de Lettres renonçaſſent à l'orgueil de publier leur théorie , pour ſe borner à la pratique ; parce que dans les Arts de goût , il n'y a point de Théorie , & qu'un bel Ouvrage eſt toujours celui dont on peut dire : *Prolem ſine matre creatam.*

de mots quelques obſervations futiles (24) déjà faites avant lui ; tel autre écrire périodiquement ce qui
n'eſt bon à dire que le bonnet quarré en tête, dans
une chaire de Collége, & tracer des critiques dures
& minutieuſes, parmi leſquelles il n'y a pas un ſeul
mot qui touche à l'art.

Ce n'eſt qu'à Paris que l'on voit des auteurs (ou
ſoit-diſans tels) renvoyer à l'impreſſion le ſuperflu
de ces converſations ennuyeuſes dans leſquelles on
parle éternellement de la prééminence de Corneille
ou de Racine, de l'hémiſtiche d'un vers de Boileau,
en tournant d'une maniere ſi faſtidieuſe dans le même
cercle, que, quand on voit un Auteur, on peut ga-

---

(24) Le Cordonnier qui rectifia le Peintre, avoit raiſon ſans doute. Mais peut-être lui-ſeul voyoit-il le défaut imperceptible à d'autres yeux, & ſi le Coiffeur, le
Tailleur, le Bonnetier, &c. étoient venus à leur tour ;
autres critiques, autres corrections ſans fin ; & beaucoup
de peines que le Peintre ſe feroit gratuitement données
pour quelques individus, & non pour la multitude. Elle
eſt inhabile à ſaiſir cette ſorte de perfection ; elle n'en
a pas même heureuſement l'idée ; elle ſent trop vivement pour ſophiſtiquer. Ainſi un Auteur de profeſſion
voit trop dans un Ouvrage, pour le bien juger ; & le
Public, qui voit en gros, doit juger moins ſévèrement &
juger mieux. C'eſt ce qui arrive ; le Public caſſe le plus
ſouvent les jugemens des Gens de Lettres, les laiſſe dé-
clamer, & s'attache à ce qui lui fait plaiſir.

D 3

ger qu'il ne s'en ira pas fans avoir parlé de fon
Racine & de fon Boileau.

Tout homme de lettres (je parle de ceux qui méritent de porter ce titre) ne dit pas, il eft vrai, tout
ce qu'il peut dire, ni tout ce qu'il penfe ; il ne met
pas toujours tout fon efprit dans un livre, &, felon
l'expreffion heureufe d'un Ecrivain, *tel n'y met*
qu'un quart de lui-même ; tandis que tel autre fond
tout fon efprit & l'efprit d'une vie entiere dans une
feule & même brochure. Mais l'Ecrivain qui penfe,
fe diftingue à la troifième page, de celui qui ne fait
que tracer des mots.

Quelle différence incroyable dans le ftyle de
deux hommes, habitans de la même ville, parlant
la même langue, voyant les mêmes objets ! Comment ne pas reconnoitre que le ftyle eft l'empreinte
de l'âme, & qu'il ne s'apprend point, qu'il ne s'i-
mite point. J'ouvre les œuvres de ******. Ce font
des carafteres noirs, tracés fur du papier blanc. Je
lis ; je vois des Tragédies en hémiftiches, & en rimes, des difcours, des differtations, de la profe, des
vers grands, petits, &c. mon efprit, malgré moi, eft
diftrait, vagabond ; j'oublie que je lis ; une rêverie
vague s'empare de moi ; je bâille & je laiffe là l'homme de goût par excellence. J'ouvre un volume de
la nouvelle Héloïfe de Rouffeau ; c'eft encore du
noir fur du papier ; mais, tout-à-coup, je deviens
attentif ; je m'anime ; je m'échauffe ; je m'enflâme,

je fuis agité de mille mouvemens divers. Je me crois dans les bofquets de Clarens, je lis le volume d'une haleine, & quand j'apprends qu'il y en a fix, mon cœur palpite de joie & de plaifir, & je voudrois pouvoir prolonger à l'infini cette délicieufe lecture.

Il y a auffi des hommes qui dans la converfation s'animent & produifent les plus heureufes penfées, penfées quelquefois plus fines & plus applicables aux circonftances & aux évènemens que celles qui font imprimées (25). Le moment, l'à propos frappent l'expreffion & la rendent plus originale, & plus concife. Veulent-ils écrire : ils manquent abfolument d'art & de méthode, & ils prouvent, au grand étonnement de ceux qui les connoiffent, qu'ils ne favent que parler : au contraire, tel Auteur fameux eft fec, trifte ou embarraffé dans la converfation ; tel étoit Corneille, tel étoit Richardfon, & plus d'un homme de génie a fait dire, après qu'on l'eut entendu : *Quoi ! c'eft-là lui ?*

Me fera-t-il permis de faire une réflexion qui ne doit pas offenfer les Gens de Lettres, parce qu'ils fçavent que les dons font partagés, & qu'il eft bien

---

(25) Il eft des chofes qui font penfer rapidement, & ce font prefque toujours celles que l'on n'écrit jamais. Il en eft d'autres que l'on penfe trop fortement, pour pouvoir les écrire, & ce font celles-là qui font prefque toujours perdues pour la poftérité.

D 4

rare de les réunir au même dégré. Ecrire & parler
font deux talens très-diftinéts, & ce double avantage
peut fort bien ne pas appartenir au même homme.
Les Auteurs qui ont fait des ouvrages lus & efti-
més, font certainement des gens d'efprit ; mais eft-il
démontré manifeftement qu'ils foient les hommes
qui aient effectivement le plus d'efprit & d'éloquence ? On rencontre quelquefois de ces hommes
inattendus qui étonnent d'autant plus , qu'ils
ont l'efprit naturel & vraiment original. Leur
diction pittorefque, leurs idées, leur maniere de voir
& de rendre,ne reffemblent à rien de ce qu'on connoît.
Ce n'eft plus le ftyle des Gens de Lettres, c'eft mieux,
c'eft le leur ; il attache , il fait rêver ; on fe demande
comment on eft ému par un homme qui n'a point
de réputation , qui n'eft d'aucune Académie , qui ne
fe fert ni des mots ni des tours de phrafe ufités. On
admire prefque involontairement , & l'on fe fent
pénétré comme d'une chofe vraiment nouvelle.
Mais tyrannifés par l'habitude , nous revenons le
lendemain au pli accoutumé , au goût factice qui
domine (26), à la lifière de l'ufage, au Dictionnaire
de l'Académie , à la routine, enfin à notre Auteur

---

(26) L'homme de goût, proprement dit, eft inhabile à bien juger l'ouvrage de l'homme de génie. Il
faut plus que du goût pour bien fentir un Richardfon,
un Fiedling, un Shakefpear, un Sterne, &c. & voilà

favori, fur lequel nous nous modelons fervilement;
quelquefois nous en croyons plus les livres (27)
que le fentiment de notre propre admiration ; nous
ne fçavons pas la conferver , la mûrir , & nous oublions les idées les plus fortes , les plus neuves, les
plus vraies , parce que nous n'avons pas les oreilles
affez éxercées pour les faifir & les *coucher en nous* ,
comme dit Montaigne. *Tel a été miraculeux au*
monde, auquel fa femme & fon valet n'ont rien vu feu-
lement de remarquable , dit encore le bon Montaigne. Il n'y a qu'un homme qui penfe qui fache diftinguer le grand-homme de l'homme ordinaire.

Ce qui fervira à developper ma réflexion , c'eft
qu'un homme d'efprit eft toujours entendu , & que
tel homme de génie eft mort fans l'avoir été. Il fe
compofe fouvent un idiôme qui le rend inintelligible pour ceux qui ne fçavent point l'étudier ;
alors deux ou trois hommes entrent dans fes idées,
& le refte méprife ce qu'il n'eft pas en état de
comprendre.

---

pourquoi Racine & Boileau ont fi mal apprécié la Fontaine, le Taffe, Milton , &c. & pourquoi , de nos jours,
l'infenfibilité produit de ces Arrêts qui atteftent la froideur d'âme de celui qui les rend.

(27) Il n'y a point de Nation où il y ait plus de critiques & plus de règles qu'en France. C'eft là auffi que
les Livres originaux font plus rares.

Oui, je crois qu'il eſt des gens qui ont l'intelligence ſi profonde & ſi vive, que, rebutés de ne pouvoir ſe faire entendre, ils converſent avec eux-mêmes, attendant celui avec lequel ils puiſſent communiquer.

Ajoutons encore une obſervation qui ne manquera pas de plaire à la plus grande partie des gens du monde ; mais il faut tout dire à charge & à décharge, & je dois leur donner un petit dédommagement pour quelques bonnes vérités que je leur ai dites plus haut ; c'eſt que tel homme qui n'a jamais écrit, n'a point encore donné ſa meſure, & qu'il vous laiſſe conſéquemment deviner s'il a de la force, de la pénétration au-delà de la vôtre, de celle même de pluſieurs Ecrivains connus ; mais celui qui a publié des eſſais, a découvert la foibleſſe de ſes épaules, & l'on peut le juger ; or, preſque tous les Gens de Lettres qui touchent à la cinquantaine, ont entendu prononcer leur arrêt ; il devient irrévocable ; car le plus grand phénomène feroit de les voir aller au-delà des idées qu'ils ont déjà expoſées.

Revenons à ce qui néceſſite la reconnoiſſance du Public pour l'Homme de Lettres ; ſelon moi, c'eſt qu'il donne beaucoup, & qu'il reçoit peu en échange ; à peine ſon ouvrage eſt-il ſorti de ſes mains, qu'il ne lui appartient plus. Tout le Public en jouit également & à peu de frais. Le livre inſtruit, éclaire, amufe, occupe : & qui en tire le profit pécuniaire ? le Libraire & la race des Contrefacteurs. Ceux-ci ne fongent feulement pas que c'eft-là un vol manifefte qu'ils font à la propriété de l'Auteur. La coutume a fait de ce brigandage un acte public contre lequel perfonne ne réclame. L'étranger vient à fon tour, & s'empare du livre ; il fe multiplie dans l'Europe ; il eft dans toutes les mains, & l'Auteur le plus fouvent n'a rien touché du produit qui devoit lui appartenir. Il faut donc que la gloire le dédommage & devienne la monnoie des plaifirs moraux qu'il a procurés à la fociété entiere, fenfations exquifes au-deffus de la foule des plaifirs vulgaires, tant par leur délicateffe que par leur multiplicité.

On n'écrit ceci que pour montrer l'injuftice de certains fots opulens, & l'infolence de quelques parvenus qui ôfent faire un ridicule à un Homme de Lettres, de fon honorable pauvreté. Or, jugez-nous, hommes vrais & équitables, & voyez s'il eft permis d'infulter à l'abeille qui vous prodigue fon miel. Les travaux de l'Homme de Lettres ne peuvent plus être récompenfés par l'argent ; & je le prouve par le fait. Compofe-t-on un bon livre : un bon livre n'eft ni volumineux, ni jeté à la hâte ; un tel livre fera néceffairement le fruit de plufieurs années de méditation & de travail. Après mille difficultés furmontées, (car l'ouvrage fait, l'impreſſion eſt une autre beſogne) le Livre paroît. Il eſt bon, il eſt court ; la contrefaçon en devient plus facile, & que revient-il à l'Auteur qui s'eſt conſumé pour l'utilité publique ? Les Libraires aſpirent l'argent qui ne remonte jamais vers la main qui a bâti leur fortune. Où eſt la fortune des Auteurs de l'Encyclopédie & de tant d'autres ouvrages qui ont honoré la langue françoiſe, en l'établiſſant la premiere langue de l'Europe ? L'Ecrivain eſt payé en critiques injurieuſes, ou en éloges ſtériles : il n'a d'autre propriété ſur ſon Livre que de s'en avouer le pere, & dans certaines circonſtances il eſt obligé de taire juſqu'à l'aveu cher & précieux de cette paternité.

Voyez les pièces de Théâtre repréſentées dans toutes nos provinces ; les citoyens s'y portent en foule & les applaudiſſent à pluſieurs repriſes ; jamais une obole n'en reviendra à l'Auteur, fût-il dans l'indigence la plus extrême : on peut faire cent-mille francs avec ſa pièce, ſans qu'il en ſoit ſeulement informé ; tout le monde ſe partage l'argent, & il n'eſt jamais venu dans l'idée à perſonne que l'Auteur pût en réclamer la moindre portion. C'eſt ainſi que la Nation Françoiſe jouit des chef-d'œuvres de l'art, comme elle jouit des monumens publics qui, quelquefois, ont déjà une empreinte de vétufté, fans que le prix en foit encore acquitté.

Qu'on me montre dans l'univers un art qui apporte aux citoyens plus de jouiffances fines, délicates & multipliées, & qui donne moins à ceux qui le cultivent. La gloire doit donc payer des travaux auffi nobles, auffi défintéreffés.

Quand on veut rabaiffer les Gens de Lettres, on parle encore de leurs querelles vives & quelquefois fcandaleufes. Il eft vrai que dans leurs débats ils femblent peu éclairés fur leurs véritables intérêts, & qu'ils aiguifent l'un contre l'autre des armes redoutables qu'ils devroient tourner contre leurs ennemis ; il feroit tems qu'ils y fongeaffent. Ceux-ci feroient bien foibles alors, & fans ces divifions déplorables, la Littérature auroit un poids majeftueux qui opprimeroit fes adverfaires. Il y auroit plus de véritable gloire pour eux de fe montrer indifférens à de petites attaques, que de déployer une fenfibilité qui dégénere en forties puériles. Les plus petits, étant toujours les plus orgueilleux, font ordinairement grand bruit pour une légère piquûre faite à leur amour-propre ; mais les Hommes de Lettres célèbres, ou fe vengent une fois pour n'y plus revenir, ou, ce qui eft bien plus fage, dédaignent à jamais l'injure. Elle tombe, dès qu'on la méprife, dit Tacite.

Après tout, on ne peut reprocher aux Gens de Lettres que ce qu'on peut reprocher à tous les corps

connus ; aux Avocats , aux Médecins , aux Peintres , &c. Souvent pour un intérêt très-médiocre
les particuliers réputés les plus fages fe plaident à
toute outrance , & en viennent aux outrages les
plus exceffifs ; & lorfque notre adverfaire en Littérature voudra anéantir, fous le tranchant du ridicule , le fruit de nos veilles & de nos études , on
éxigera une modération abfolue , on voudra le
fpectacle d'un combat froid , poli , réfervé ; tandis
que nous fommes attaqués dans la partie la plus
fenfible de nous-mêmes ! Eh ! voyez feulement une
difpute dans la converfation , il ne s'agit que d'un
objet indifférent différemment apperçu. Quel choc
d'idées ! quelle chaleur y mettent les deux parties !
comme l'ironie & le farcafme fe croifent ! &
lorfque l'on taxera nos productions avec mépris,
qu'on nous accufera publiquement & fauffement
d'avoir mal lu , mal médité , mal écrit, il faudra
garder le fang-froid que tout le monde perd dans
les plus légères difcuffions ! N'eft-ce pas auffi trop
exiger de ceux que l'on reconnoît généralement
avoir un plus haut dégré de fenfibilité que les autres hommes? (28).

_____

(28) Paffer fa vie à décrier les talens d'autrui , n'eft-
ce pas avertir hautement le Public , qu'on voudroit cacher de cette maniere ceux dont on manque. Ce qui
caractérife fur-tout un fot , c'eft de croire la critique d'un

Mais , en condamnant les débats des Gens de Lettres , le Public fait l'hypocrite ; il y trouve trop bien son compte. Il devient spectateur d'une guerre ridicule , qui l'amuse fort. Le Public , en gros , est malin , indolent , a l'esprit très-avide de satyres ; dispositions favorables pour écouter tous les sarcasmes que doivent s'envoyer réciproquement les combattans. Le Public ne donne-t-il point la palme au plus rude joueur , à celui qui lance avec plus d'adresse & de véhémence les traits les plus prompts & les mieux acerés ? Ne dit-on pas : *** *a bien mordu* **** : Et, **** *a bien mordu* * * ** ? N'a-t-on pas eu le plaisir de voir le coup de dent littéraire porté & rendu ? N'est-on pas indécis sur la profondeur respective de la blessure ? Ne les juge t-on pas d'une force à-peu-près égale , dignes d'être ceints du même laurier, & de continuer le même Journal pour renouveler le spectacle , à la satisfaction de l'amphithéâtre ?

---

ouvrage chose aisée , & d'entreprendre cette besogne publiquement tous les dix jours. Il faut une très-grande présomption pour oser fixer ainsi le mérite ou le démérite d'un ouvrage ; on s'expose à recevoir plus d'un démenti : mais tous ces petits Juges , alertes & précipités, ne se doutent seulement pas combien ils auroient à rougir dans cent ans, si toutefois leurs noms pouvoient voguer jusqu'à cette époque.

Dans les converſations , on blâme les Auteurs, pour ſe donner un ton de dignité & de décence : mais on court à la feuille ſatyrique , qui eſt dans l'antichambre ; on y cherche bien vîte l'endroit où l'on ſuppoſe que l'Epigramme qu'on attend eſt burinée. Si elle n'eſt pas inciſive ; ſi, faute de ſecours & oubliant ſon fiel accoutumé , le Journaliſte a été faible ce jour-là , on dit , en hauſſant les épaules : *Il n'y a rien de piquant dans ce numéro.* Et la malignité inſatiable du lecteur (qui va toujours prêchant la concorde) , ne trouvant point à ſe ſatisfaire , jette la feuille avec dédain , & dit : *ſi cela continue , je ne ſouſcrirai plus.*

Faut-il dire le mot à la portion majeure du Public ? *S'il n'y avoit point de receleurs , il n'y auroit point de voleurs* , comme dit le Proverbe. Si le Public , en gros , n'étoit pas méchant , les Auteurs vivroient ſans ſe faire la guerre. C'eſt donc le Public qui eſt reſponſable des excès auxquels ils ſe livrent , parce qu'il ſoudoie la troupe des Journaliſtes , parce qu'il les encourage à ſe déchirer entre eux ; & ils répondent merveilleuſement depuis quelques années à cette attente. Jamais le mépris des bienſéances n'a été pouſſé ſi loin , & la critique eſt devenue ſi dure , ſi pédanteſque , qu'elle a manqué l'effet qu'elle ſe propoſoit. Ces détracteurs acharnés ſe ſont rangés abſolument ſur la même ligne , & rien ne les diſtingue plus que leur

nom

nom ; car ils ont une dofe égale de fureur de pédanterie & d'animofité ; ce n'eft plus un jugement
que le Public lui-même va chercher dans ces
feuilles ; c'eft le modèle d'une Diatribe plus ou
moins fanglante , plus ou moins ingénieufe.

Ces petites & inutiles querelles , que la jaloufie & l'efprit de parti font naître entre petits Ecrivains qui prennent chacun de leur côté un ton
avantageux , font aufli ridicules que honteufes ; car
il s'agit le plus fouvent de rimes , d'hémiftiches ,
d'un mot déplacé , &c. & plus la caufe en eft frivole , plus l'acharnement eft impitoyable. Le peu
d'importance des objets , ne peut manquer de livrer
à la dérifion les aggreffeurs & les répondans qui
s'enflamment comme fi tout étoit renverfé.

Ma foi , Juge & plaideurs , il faudroit tout lier.

Mais on prêchera vainement les Poètes à cet
égard ; ils deviennent emportés , maniaques à la
lettre , dans leurs bruyantes difputes fur la tournure plus ou moins élégante d'un vers , fur la prééminence d'une Tragédie de Racine , fur le *goût* ,
mot qu'ils citent fans ceffe , & dont ils n'ont pas
le plus fouvent la moindre idée. J'ai entendu là-
deffus des débats vraiment incroyables , & les gens
fenfés m'accuferoient ici d'avoir controuvé à plaifir ces fcènes ridicules , fi je rendois au naturel
le dialogue des Acteurs. C'eft en fortant de ces
rixes extravagantes , qu'ils écrivent ces feuilles où

E

l'on eſt ſurpris de voir tant de mots & ſi peu
d'idées. (31).

Il eſt vrai que le public, occupé de tant d'évènemens divers, n'apperçoit qu'à travers un nuage les
matières Littéraires ; il n'a pas toute la connoiſſance
poſſible des objets. Son incapacité s'accommode
des bruſqueries ; &, ſa pareſſe le mettant hors d'état
de porter un Arrêt exaɛt & motivé, il veut quelqu'un (dût-il en être trompé) qui le décide & qui
lui fourniſſe péridioquement une petite ſentence
meurtrière, qui lui épargne l'ennui d'applaudir à tout
ce qui ſe fait de bon : emploi vraiment triſte & dé-

---

(31) La Philoſophie doit être la bâſe de l'éloquence
& de la Poèſie. Elles ont toutes deux à gagner des découvertes des Philoſophes. L'emploi du Poète eſt d'orner des vérités précieuſes & de les faire aimer. Il ſe
rendra l'égal du Philoſophe : mais le Poète ſouvent ne
ſe doute ſeulement pas combien les Sciences lui ſont né-
ceſſaires. Il les dédaigne, en diſant que cette étude éteint
ſon feu , & ralentit ſon enthouſiaſme ; il ne parle que de
figures, de mouvemens. C'eſt négliger le fond de l'art,
pour s'attacher à la ſuperficie ; & quiconque ne commence pas par l'étude de l'homme & celle de la Nature,
n'écrira que des mots , & ne parviendra à flatter l'oreille
que pour laiſſer vuide le cœur de l'homme inſtruit.
    Plus on a de Philoſophie dans la tête, plus on a d'é-
loquence. Pour écrire , a dit quelqu'un , il faut avoir une
connoiſſance commencée de tous les Arts & ne point
confondre les idées & les termes qui les expriment.

courageant ; car s'il faut louer quelque chose à Paris, ce ne doit être que par communication, par signal, par esprit de parti, & tout ce qui n'est pas divin, comme l'a dit Helvétius, est nécessairement détestable. Il faut dans certaines cotteries être frondeur & enthousiaste à la fois ; & passer rapidement à ces deux extrémités, pour savoir bien juger les hommes & les Livres.

On prétend qu'une ville immense comme Paris a un besoin journalier de petites satyres pour repaître son inquiétude & son agitation perpétuelle ; & celui-là avoit bien raison, qui a dit le premier, *qu'une bonne injure est toujours mieux reçue & retenue, qu'un bon raisonnement* ; voilà la Théorie du *Journalisme* tracée en deux mots.

Quand un bon livre paroît, & que les hommes de bon-sens attendent de l'avoir lu & médité pour le juger, les sots crient d'abord, crient longtems & barbouillent du papier. Voyez comme on a salué l'arrivée de l'Esprit des Loix, &c. Heureux les Gens de Lettres qui ne connoissent point cette déplorable guerre ! on peut l'éviter, quand on veille avec soin sur son amour-propre ; car le combat naît toujours d'un esprit trop orgueilleux de ses idées & qui veut les faire recevoir despotiquement. On contredit, pour humilier autrui, ou pour satisfaire une humeur secrette, bien plus que pour s'éclairer. L'aigreur ne tarde pas à cou-

ler de la plume , même à notre infçu , & lorfqu'on a eu le malheur de porter quelques coups,
on devient l'ennemi de celui qu'on a frappé. L'ag-
greffeur ou le victimaire pardonne toujours moins
que la victime couverte de bleffures.

Heureux les Gens de Lettres qui ne connoiffent que cette difpute confiante , noble & modé-
rée , qui appartient au droit légitime, de répandre & de foutenir fes opinions ; qui n'a pour armes que le raifonnement & l'éloquence ; qui , loin
de toute opiniâtreté , écoute pour répondre : qualité fi rare , même parmi les hommes inftruits.
Alors chacun fent la force des objections de fon
Adverfaire & les pèfe. Tout-à-la-fois docile &
ferme , l'homme ami de la vérité cherche à éclairer les doutes , à réfoudre les difficultés , & ce
qu'on appelle des paradoxes, ne l'effarouche point ;
car toute vérité a commencé par être un paradoxe. (32). Cette forte de difpute a des charmes

_____

(32) J'aime mieux lire Gilblas de Santillane , de notre
ami le Sage , que tout Boileau ; Richardfon me touche
bien autrement que toutes les Tragédies du Divin Racine ; l'Abbé Prévôt m'intéreffe par fes tableaux vaftes,
profonds , variés , mélancoliques ; & c'eft pour moi un
homme de génie, par fon invention & par fa fécondité ; & ce Crébillon fi fameux , me paroît à moi un
Poëte barbare , outrageant à la fois le bon-fens , la Nature , la langue &- le fentiment. Je n'ai jamais rien conçu

inconnus à ces efprits atrabilaires, qui ne veulent que contredire, rabaiffer autrui, & qui pouffent la tyrannie jufqu'à vouloir ôter à un homme fes propres idées ; tyrannie plus commune qu'on ne l'imagine, mais qui du moins ne devroit pas être le partage de ceux qui favent que les plus importantes découvertes & les innovations les plus heu-

---

à fa' grande renommée. J'aime cent fois mieux, puifqu'il faut m'expliquer, les Ouvrages du fils, remplis de vues fines, délicates & vraies, & d'appercevances neuves fur le cœur des femmes. Et Fielding & Marivaux me femblent mériter la gloire la plus étendue, par leur Philofophie toute en image, en action, en fentiment. Fontenelle me paroît bien fupérieur, en génie, au Poëte Rouffeau, même du côté de la langue. Dufréni me fait dix fois plus de plaifir que Regnard. Je n'ai jamais pu lire Deftouches ; & les fadaifes de Greffet, fi l'on excepte le Méchant, me femblent bien indignes de la réputation qu'elles ont eue. Les cinq années Littéraires de Clément de Genève, me femblent un modele de critique, de raifon, de grâces, de vivacité, d'efprit. Faut-il dire encore qu'Arnaud, Nicole, ont moins de penfées juftes & droites, que l'Abbé Trublet ; que la faine éloquence, celle des chofes, n'a point été connue de Boffuet, que e'eft un Pere de l'Eglife & non un Orateur? Ajoûterai-je que je ne puis lire la profe des Écrivains du dernier fiècle, excepté celle de la Bruyere & de Fénelon, & que Montefquieu, l'Abbé Raynal, Voltaire, Buffon, Jean-Jacques Rouffeau, d'Alembert, de Paw, &c. contre-balancent à eux feuls, dans mon efprit, tout le fiècle de Louis XIV,

E 3

reufes ont été, dès leur abord, également combat-
tues & rejetées.

---

qui n'a eu que des Poètes, & pas un feul homme qu'on
puiffe méditer en morale-politique ? Enfin, la Littérature Françoife ne me paroît folide & refpeſtable que
par les Ouvrages émanés d'elle depuis trente ans. Voilà
fans doute bien des *blaſphêmes* ; car c'eſt ainſi que l'on
appelle quelques affertions libres : mais enfin, on peut
penfer tout cela fans faire tort à qui que ce foit : il eſt
permis de choifir fes Livres dans cette multitude d'Ouvrages, comme on choifit fes amis dans la Société. Si
ces opinions-là femblent fingulières, ce font les miennes ;
& je les publie avec la même affurance que chacun publie les fiennes. Il n'y a point là de quoi dire des injures à un homme qui peut fe tromper, mais à qui il
n'eſt pas donné de fentir autrement. Une autre fois,
j'acheverai ma confeffion ; j'ôferai dire ce que je penfe
au milieu de tant de Gens de Lettres, qui taifent leur
façon de penfer & qui diffimulent leur jugement. On
peut être infurgent en Littérature à fon gré & pouffer
la licence, jufqu'à fe rendre criminel de lèfe-majeſté
Racinienne ; car fi l'on n'eſt pas libre au fein de la République des Lettres, où le fera-t-on ? D'ailleurs, toutes
ces accufations d'erreur, d'opiniâtreté, de nouveauté, de
fingularité, font, au fond, des récriminations vulgaires
où l'on a le même droit de part & d'autre. Rien ne difpenfe de juger les Ouvrages par foi-même, non pour
prononcer, mais pour accufer fon fentiment : on doit laiffer
enfuite à la foule l'afcendant que lui imprime tel ou tel nom
fameux.

Le meilleur Ecrivain est toujours celui qui se fait une objection secrette à lui-même sur ce qu'il écrit ; qui l'écoute, qui la pèse & qui ne continue à écrire qu'après y avoir répondu d'une maniere assez satisfaisante pour qu'il n'ait point à craindre de n'y avoir point fait assez d'attention. Les Ecrivains ordinaires ne trouvent aucune réponse à ce qu'ils écrivent, ils partent & bondissent en criant, *j'ai du goût*, avec une aisance qui décèle leur confiance présomptueuse.

Le mot *goût* est peut-être le mot de la langue le plus inintelligible, parce que, fait pour concilier étroitement la Nature & l'Art, il n'y a pas deux personnes qui voient également & l'Art & la Nature. Il faudroit avoir une idée profonde & juste & de l'image réelle & de l'imitation parfaite, pour déterminer, avec précision, le sens de ce mot abstrait. Les Peuples policés appellent *goût* ce qu'ils imaginent être la perfection de leurs Arts ; & les individus, ce qui forme la limite réelle de leur talent. L'orgueil de chaque Nation a donc créé à son avantage ce mot, qu'elles appliquent ensuite à tous les objets, afin de proscrire plus sûrement ce qui n'entre pas dans leurs usages, ou ce qui choque leurs habitudes. Les Artistes, dans leur petit domaine, ont imité les Nations, parce que chacun veut établir tranquilement sa supériorité sur ses rivaux , & fermer la barrière , afin que perfonne ne vienne le chagriner , en lui conteſtant le triomphe.

Ce n'eſt pas toutefois qu'il n'y ait un goût relatif. La transfiguration de Raphaël , le Milon de Puget , le *Stabat* de Pergolèze , le ſecond Livre de l'Eneïde , doivent également plaire aux peuples qui ſe rapprochent par le même dégré de perfeĉtibilité.

Mais eſt-il conſtant qu'on ne puiſſe peindre un tableau fort oppoſé , pour la maniere , le ton & la couleur , à la Transfiguration de Raphaël , & qui ſeroit neanmoins auſſi beau & peut-être plus parfait encore ? Ne peut-on faire une ſtatue plus expreſſive que celle du Puget ; compoſer un chant plus pénétrant que le *Stabat* ; écrire un morceau de Poëſie plus fier , plus animé que l'embrâſement de Troye ? Que deviendront alors ces prétendus Prototypes de perfeĉtion ? La Nature s'eſt-elle empriſonnée toute entiere dans les premieres formes qui ont été tracées ? A-t-elle ſoumis toutes ſes couleurs au pinceau de Raphaël ; toute ſon énergie au ciſeau du Puget ; toute la profonde ſenſibilité du cœur humain aux notes de Pergoleze ; toutes les images qui décorent ſa faĉe riante & majeſtueuſe aux dactyles & aux ſpondées de Virgile ? Ils ont réuſſi ; d'accord. Eſt-ce une raiſon pour dire : voilà le ſeul & unique point de vue ; quiconque ne prendra pas cette maniere , ne pourra jamais ſaiſir la

magie des beaux arts ? Eh quoi ! ces artiftes n'ont
peint qu'une attitude, qu'un moment ; n'ont touché
qu'une fibre du cœur humain ; font morts en apper-
cevant bien au-delà de ce qu'ils ont fait ; & l'on
ofera dire en leur nom : voici les formes conftantes
& éternelles qui conftituent la beauté par excellence ! La Nature peut maintenant périr : ce qui refte
d'elle eft groffier & bifarre , & ne mérite pas les
frais du tableau. Le tableau eft tout aujourd'hui ,
& le modele eft peu de chofe.

 « Ainfi , l'habitude eft chez les hommes la regle la
plus durable qui décide de leurs opinions fur le caractère du beau & du vrai ; & les prédicateurs du
goût nous ramenent inceffamment plutôt à fuivre ce
qui s'eft fait , qu'à réfléchir fur ce qu'il faudroit
faire. Le cercle de nos plaifirs eft rétréci par les arrêts exclufifs qui flattent la pareffe & l'infuffifance de
ceux qui les rendent ; & au bout d'un certain tems ,
il n'eft plus permis de s'élever contre des préjugés
invétérés , que la vénération de plufieurs fiècles a
rendu, refpectables. Heureux le peuple neuf qui
modifie à fon gré fes idées , fes fentimens & fes
plaifirs ! Aimable & libre éleve de la Nature , loin
des modes & des caprices des fociétés , il ne connoît point ces pratiques fauffes , arbitraires & minu-
tieufes qui obfcurciffent la fource des voluptés de
l'âme. Il eft tout entier à l'objet qu'il contemple &
dont il reproduit naïvement l'image. Il fe livre à

l'effet & ne raifonne point fur la caufe. Son cœur n'attend pas l'examen pour bondir de joie, la regle pour pleurer d'attendriffement, le goût pour admirer. Il fe paffionne vivement dans fon heureufe ignorance, & il jouit de même ; tel un corps fonore frémit au ton qui lui eft propre.

A Paris, il eft vrai, les difputes fur le goût ne vont pas fi loin : elles n'embraffent pas les coutumes, les habitudes, la Légiflation des peuples, leur fierté plus ou moins grande, le dégré d'énergie de leurs paffions, leur fol, leur climat. Ces difputes fe réduifent à dire que Racine a du *goût*, puifqu'il fait de beaux vers ; & que Shakefpear eft un barbare, qui ne fait point de Pièce à la Françoife ; que celui qui écrit le mieux, eft l'Ecrivain par excellence : & l'on ne s'entend pas plus fur le ftyle que fur tout le refte. On regarde en pitié tout ce qui n'a pas le fuffrage de la bonne compagnie, & l'on décide que l'on n'a des yeux, des oreilles, un cœur que dans la Capitale ; que tout ce qui fe fait ailleurs, eft de très-mauvais goût ; & après avoir ainfi anathématifé les jouiffances des autres Nations, on les plaint ; & l'on demande fi elles ont dans leur langue *Andromaque & Vertvert*.

Pour avoir le goût des ouvrages touchans & utiles, il faut être né bon : fans cette qualité précieufe on ne produira rien de grand, rien d'immortel. On peut affirmer que la probité eſt encore plus eſſentielle que l'eſprit & le talent , parce que ce n'eſt que de l'âme que ſortent ces traits profonds qui peignent l'Humanité ſous le jour de ſa gloire & de ſa grandeur. Si le défaut de l'Ecrivain eſt dans le cœur, il deſſechera d'une maniere triſte la vérité & le ſentiment ; il anéantira par ſa froideur les élans de la ſenſibilité ; il appellera les ruſes de l'eſprit à la place des mouvemens de l'éloquence ; peut-être , s'abandonnant à des principes monſtrueux , n'engendrerat-il que des ſyſtêmes obſcurs , déſeſperans ; effroi des cœurs vertueux & ſenſibles.

Quand je vois une grande âme , je cherche , j'éxamine ; & je découvre bientôt un grand eſprit : quand je vois , au contraire, un homme célèbre faire une baſſeſſe , je relis ſes ouvrages , je ſcrute ; & je crois m'appercevoir qu'il n'eſt point homme de génie ; car qu'importe d'illuſtrer ſes talens , ſi l'on n'illuſtre ſa perſonne ; & comment peut-on conſentir à renoncer à l'eſtime (33), quand on prétend à la gloire ? Il faut être bien petit de ſe livrer à l'ambition de

---

(33) Qu'y a-t-il de plus vil au monde? C'eſt le Poëte courtiſan , qui plie ſon génie au ton de la ſervitude ; qui , par des vers tout-à-la-fois ſublimes & lâches , empreint immortellement ſa baſſeſſe , oublie la véritable gloire , pour mendier le paiement honteux d'un chant vénal , qui flatte un Empereur qu'il craint ou qu'il mé-

paſſer pour bel-eſprit , & de dédaigner l'honorable
illuſtration qui naît des bonnes mœurs !

Ce n'eſt pas pour une récompenſe toujours pénible & lointaine que l'Homme de Lettres , jeune
encore , doit ſe livrer à l'étude & au travail. S'il
écrit d'après ſon cœur , & qu'il connoiſſe la juſtice ,
le prix de ſes travaux ſera uniquement dans le plaiſir
de répandre ſon âme ; il doit voir du même œil les
louanges , les critiques & les perſécutions. Être
utile , voilà ſon but ; il aura beau entendre
chacun lui crier : faites comme moi ; il ne fera
comme perſonne ; il écrira comme il ſent ; ſon ſtyle,

---

priſe ; & qui tente de tromper la poſtérité , ne pouvant
ſe tromper lui-même. Eh bien ! cet homme , ce Poète
vil , c'eſt Horace. Artificieux , ſouple & avide, employant
la morale pour la corrompre , déguiſant ſa lâcheté ſous
une inſouciance Epicurienne , il avoit la vigueur de la
penſée d'un homme libre , & l'expreſſion d'un eſclave.
Je ſçais qu'il eſt fin , ingénieux , délicat ; & voilà pourquoi je ſouffre en le liſant ; il ſouille à mes yeux ſon
eſprit. Viens à moi , Juvenal ! viens à moi pour me ſau-
ver des traits de la corruption : je pourrois , ſéduit par
ſon eſprit , chérir ſa maniere ; je ne veux point l'aimer ;
non. Le vrai ſatyrique eſt celui qui s'attache aux mœurs ,
qui humilie le vice , en nommant le vicieux ; c'eſt lui
qui eſt utile à ſon ſiècle qu'il châtie, qui ſe rend reſpe
à la poſtérité , en tranſmettant la morale dans toute ſa
pureté , qui s'altereroit ſans les vengeurs de l'honnêteté
publique.

c'eſt ſon âme ; la vérité , la vertu ſont ſes modèles.

L'Auteur que les critiques ont déconcerté , doit ſortir de la carriere. Il n'appartient de la courir qu'à celui qui a lu ſans colere & ſans dedain ce que la critique a dit de lui. Elle n'a pas toujours entièrement tort , il faut l'avouer : mais elle paſſe ordinairement les bornes , & c'eſt ce qui fait qu'elle ceſſe d'être ſi redoutable. Mais les louanges ſont quelquefois plus dangereuſes encore : les vrais talens ſont toujours connus un peu tard ; & c'eſt un moindre inconvénient que d'être annoncé ou connu trop tôt. L'on a remarqué avec raiſon que les eſprits médiocres montroient, en paroiſſant, cette eſpece de perfection froide qui poſe à jamais la borne de leur génie.

Il me ſemble entendre une voix qui crie au fond du cœur de celui qui va écrire : arrête ; regarde qui tu es : avant de prendre la plume , conſidere-toi bien ; tremble de te tromper (34) & de tromper les autres ; que vas-tu dire à tes ſemblables ? Eſt-ce bien pour leur bonheur que tu veux leur parler ?

---

(34) Milton , Poète ſublime , généreux défenſeur de la liberté , après le rétabliſſement de Charles II, étoit le maître de rentrer dans ſa place de Sécretaire d'Etat. Sa troiſième femme l'en preſſoit vivement ; il lui répondit: *Vous êtes femme & vous voulez avoir un équipage ; moi, je veux vivre & mourir honnête-homme* ; & il compoſa le Paradis perdu.

fonge que ce n'eft qu'à ce titre que tu auras quelque
droit à leur attention ; méfie-toi de ton defir, il eft
dangereux, fi tu ne te fens cette vertu courageufe,
rayon bienfaifant de la Divinité. Dis-moi, le fpectacle de l''univers a-t-il élevé ton âme & ton génie
jufqu'à fon augufte Auteur ? Lui confacres-tu toutes
tes penfées ? Embraffes-tu ce tout immenfe dont la
grandeur accable, mais qui doit nourrir la confiance.
Vois-tu au-delà de la vie les jours purs de la vérité ? La cherches-tu ? Aimes tu vraiment les hommes ? car il faut les aimer, quand on veut leur écrire.
N'attends pas d'eux un laurier puéril & difputé, dont
tu dois peu au fond te foucier. Leur être utile je
le répète, voilà quel doit être ton feul but. Si tu
es bon, ta récompenfe eft dans l'exercice de ton
talent ; fi tu ne l'es pas, tes fuccès ne feront que
t'aigrir. Garde-toi d'écrire, fi tu veux feulement
te faire admirer ; car bientôt tu t'embarrafferois peu
d'écrire des chofes méchantes, pourvu qu'elles fuffent bien dites (35) ; & au lieu du fentiment généreux qui anime l'Ecrivain, tu n'aurois que la rage
d'Auteur.

---

(35) On a aujourd'hui trop d'admiration pour ce qu'on
appelle le *bien écrit*. Les Livres qui ont les opinions les
plus faines & les plus vraies ne font pas fortune ; & à
l'aide d'un langage poli, on nous verfe en l'âme les plus
frivoles idées, les plus propres à abâtardir une Nation.

La rage d'Auteur (36) ! c'eft elle feule qui fait qu'au-lieu de s'attacher à réfuter les opinions dangereufes, on infulte à fes contemporains ; c'eft elle feule qui fait croire qu'on peut fe bâtir une renommée en dénigrant fes rivaux : mais, tel que par une foibleffe lâche nous voulons rabaiffer, vaut mieux que nous (37); nous ne fommes jamais dans le point de vue néceffaire pour nous appercevoir & nous bien apprécier : laiffons donc chaque écrivain vivre en paix & déployer fes talens, fans chercher à les déprifer ; l'efprit de parti n'agit que pour un inftant. L'homme préfomptueux ne perfuade gueres, & celui qui infulte, en voulant corriger, révolte & n'inftruit pas. Que la carriere des Lettres femble augufte & belle, quand on forme le deffein de la parcourir fans bleffer fes compagnons de voyage ! Il eft bien glorieux d'aller droit, fans vouloir barrer le

---

(36) Malheureufement plufieurs Auteurs, dans le fond de leur efprit & même de leur cœur, ne voient, ne croient aucun ouvrage préférable au leur, & ne comptent au rang de leurs véritables amis, que les perfonnes qui penfent comme eux, ou du moins qui vont prêchant partout pour le foin de leur gloire.

(37) Il n'eft perfonne qui doive être plus en garde contre les effets de l'humeur que les Ecrivains ; celle qui les domine lorfqu'ils compofent, les décrèdite fouvent plus que les défauts de leurs ouvrages.

chemin à celui qui court avec nous : l'œil des fpectateurs jugera l'athlète généreux, & méprifera l'envieux qui aura voulu infidieufement faire tomber
fon Adverfaire.

C'eftdonc le vice qu'il faut pourfuivre, & non fes
confreres (38). Chaque peintre a fa couleur comme
fon *faire* & fon deffin ; ce qui le prouve, c'eft que
chaque homme ne voit pas également telle couleur.
Il y a des nuances dans l'organe de la vue, qui font
que le bleu de l'un n'eft pas le bleu de l'autre. La
fenfation fe differencie donc fur des perceptions
phyfiques ; ainfi le même raifonnement ne frappe
pas également deux hommes ; mais la variété infinie des caraꞔteres fervira mieux les arts que la
monotonie éternelle que l'œil myope voudroit
établir.

──────────────

(38) Il n'y a point de petits ennemis. L'imprudence &
la précipitation devroient méditer cet axiôme , non par
lâcheté , mais parce que fouvent l'orgueil & la folie
alièrent les cœurs qu'un rien auroit pu gagner. On eft
en même tems mal-adroit & coupable. Il faut fçavoir
fe faire des ennemis , mais ce doit être en grand. Qu'ils
foient les ennemis de l'Etat , de la liberté publique ,
des honnête gens de la Littérature ; & il eft beau alors
de leur être oppofé , de les combattre avec force , de
les terraffer , d'être perfécuté par eux , de triompher
avec la juftice , de cueillir la palme élevée & difficile
qui attend celui qui a oppofé fon âme au torrent des
erreurs & des crimes attentatoires à la liberté du Citoyen.

Que

Que , dans une Tragédie , le Poëte faffe peur aux
Tyrans (39) ; que , dans un Drame , il intéreffe tous
les citoyens par des fituations qui fe rapprochent
d'eux ; que, dans une Comédie , il faififfe & immole
les ridicules qui fatiguent la fociété , mais fans bouf-
fonnerie & furtout fans indécence. Tout genre eft
bon , tout genre lui eft ouvert , pouryù que , dans
fon but , on voye plus l'ami de la vertu que celui
de la gloire. Je le demande ; quelle eft aujourd'hui
la renommée de ceux qui ont voulu diftribuer or-
gueilleufement les rangs & les places , qui ont voulu
juger autrui fans avoir appris à fe juger eux-mêmes?
Ils ont lancé de toutes parts leurs traits fatyriques :
mais leur front eft cicatrifé pour jamais des mêmes
coups qu'ils ont voulu porter.

Il n'y a qu'un fecret pour fauver fon amour-propre de toute infulte , c'eft de ménager celui de tout
le monde. C'eft une vérité dont perfonne ne difcon-
vient , mais fur laquelle on gliffe toujours. Les
hommes délicats comme Fontenelle échappent enfin aux traits de l'envie ; & en font exempts. Une
bonne conduite littéraire nous fait jouir du paffé ,

---

(39) La Tragédie, en France , a peint l'homme en
efforts & non dans fes habitudes , qui révèlent le fond
des caractères.

F.

du préfent & de l'avenir ; du paffé, parce qu'il ne nous laiffe aucun regret ; du préfent, par le bon ufage que nous en faifons ; & de l'avenir, par une fage prévoyance & une utile crainte de la malice des hommes.

Que les Ecrivains fe fouviennent conftamment qu'ils font par excellence les peintres de la vertu, que telle eft leur principale fonction, & qu'ils doivent la préfenter fi belle que chacun ne puiffe appercevoir le moindre de fes traits fans en devenir amoureux. C'eft ainfi que fe fortifie le fentiment que l'homme a pour l'ordre, & il tient alors à ce qui eft beau & grand par des nœuds invincibles ; la palette du Poëte ne fauroit être chargée de couleurs trop brillantes, parce qu'il doit graver dans l'efprit un long fouvenir de la beauté de la vertu, & de la laideur attachée au vice. Le génie n'eft pas toujours une fucceffion perpétuelle d'idées rares & profondes, mais un tiffu d'idées de toute efpece, & qui ne renferment rien que d'utile.

On vit Sallufte tonner avec la plus grande véhémence contre les Gouverneurs qui ruinoient les Provinces qui leur étoient confiées : il fe rendit coupable du même crime ; mais il en fentit toute l'énormité, car il n'ôfa s'abfoudre dans fon hiftoire, & fa plume véridique le condamna lui-même, en le repréfentant à fon fiecle & à la poftérité d'une maniere défavantageufe.

Je n'ai plus qu'une remarque à faire, & je finis. C'est qu'un homme riche ou heureux ne feroit peut-être pas bien de vouloir écrire, non pas feulement parce qu'il aventureroit fon repos & fes paifibles jouiffances (40) ; mais parce qu'il ne feroit peut-être pas affez vivement indigné contre les méchants, c'eft-à-dire, les perturbateurs de l'ordre public. Il fe trouveroit dans une fituation trop propre à tolérer beaucoup d'abus qui ne le toucheroient que foiblement, défendu qu'il feroit par le bouclier de l'opulence. Enfin, il feroit trop difpofé à pardonner à beaucoup de monde, & à confacrer par le raifonnement l'inégalité monftrueufe des fortunes, le plus grand vice politique de nos Gouvernemens modernes ; comment chercheroit-il le remede à ce mal épouvantable, principe de tous les autres (41),

---

(40) Quand on fe confacre aux pénibles devoirs d'Écrivain, il faut avoir fondé d'avance la force de fon âme ; il faut pouvoir être affuré de foutenir avec fermeté les affauts des évènemens. Je n'aime point ces hommes hardis au cabinet, intrépides avec la plume ; mous, pleureurs & tremblans, quand le jour du courage eft arrivé.

(41) Toutes les charges, les dignités, les emplois, les places civiles, militaires & facerdotales fe donnent à ceux qui ont déjà de l'argent. Ainfi, la diftance qui fépare le riche du refte des citoyens, s'accroît chaque jour, & la pauvreté devient plus infupportable par la vue des progrès étonnans du luxe qui fatigue les regards de l'indigent ; la haîne s'en-

lorfqu'il feroit fi éloigné de la claffe fouffrante ? Il faut qu'un Ecrivain ait le malheur d'être mécontent de tout ce qui fe fait de mal dans fa patrie , afin que fes écrits aient des traits mâles qui réveillent l'inat-

---

venime , & l'Etat eft divifé en deux claffes , en gens avides & infenfibles , & en mécontens qui gémiffent ou murmurent. Le Légiflateur qui trouvera le moyen de hacher les propriétés , de divifer & fubdivifer les fortunes , fervira merveilleufement l'Etat & la population. Telle eft la penfée féconde de Montefquieu, revétue de cette expreffion fi heureufe : *En tout endroit où deux perfonnes peuvent vivre commodément , il fe fait un mariage.*

Les richeffes accumulées fur quelques têtes enfantent ce luxe fi dangereux pour celui qui en jouit & pour celui qui l'envie. Ces mêmes richeffes , réparties d'une manière moins inégale , au lieu du poifon deftructeur que produit le fafte , ameneroient l'aifance , mere du travail , & fource des vertus domeftiques. Tout état où les fortunes font à-peu-près au même niveau eft tranquile, fortuné & femble faire un tout. Tout autre état porte un principe de divifion & de difcorde éternelle. L'un fe vend , l'autre achete ; & tous deux font avilis. Je n'entends pas parler de cette égalité qui n'eft qu'une chimère. Mais les énormes propriétés nuifent au commerce & à la circulation. Tout l'argent eft d'un côté ; & le fuc vital s'égale , au-lieu de féconder toutes les branches de l'arbre. Que de talens éclipfés faute de quelques pièces d'argent ! S'il eft confidéré comme femence productive , les trois quarts & demi des citoyens en font privés & languiffent toute leur vie, fans pouvoir déployer leurs propres facultés.

tention : il faut qu'ils foient fortement prononcés , puifqu'il a à frapper des oreilles fuperbes & endur-

---

Rien ne me fait plus de plaifir que de voir l'héritier d'un millionnaire dépenfer en peu d'années les biens immenfes que fon père avare & dur avoit amaffés ; car fi le fils étoit avare comme le père , à la troifième génération le defcendant poffederoit dix fois la fortune de fon bifayeul , & vingt-hommes de cette efpèce engloberoient toutes les richeffes d'un Pays. L'origine de tous les maux politiques doit s'attribuer à ces fortunes immenfes accumulées fur quelques têtes. Cette funefte inégalité fait naître d'un côté les attentats de l'opulence, & de l'autre les crimes obfcurs de l'indigence. Elle enfante une guerre inteftine qui a beaucoup de reffemblance avec la guerre Civile ; elle infpire aux uns une haîne d'autant plus active , qu'elle eft cachée , & aux autres un orgueil intolérable qui devient cruel. Tout Etat qui favorife par fes loix cette injufte difproportion, n'a qu'à e fon code pénal. Dès qu'il y a ura de nombreux Palais, il faudra bâtir de vaftes prifons ; tout Etat, au contraire, attentif à divifer les héritages , à faire defcendre le fuc nourricier dans toutes les branches , aura moins de délits à punir. La Loi Romaine , qui défendoit qu'aucun Romain pût poffeder au-delà de cinq-cents arpens de terre , étoit une loi très-fage. Une loi qui parmi nous examineroit , à la mort, la vie d'un très-riche Propriétaire , par quels moyens il a amaffé fa fortune , & qui rendroit aux pauvres de l'Etat ce qui paroîtroit avoir excédé les gains légitimes , femblera chimérique , mais n'en feroit pas moins excellente. *Cette note devoit appartenir à l'ouvrage intitulé, l'an 2440.*

cies. Orateur du grand nombre , c'eſt-à dire de la
foule des infortunés , il faut que la mélancolie ,
mere de la pitié (42) , préſide à ſa touche un peu
ſombre , & la rende plus attendriſſante. Fontenelle
a dit de lui- même qu'il ne lui étoit jamais arrivé de
jeter le moindre ridicule ſur la plus petite vertu.
Cela eſt vraiment reſpeᴄtable. Mais il n'avoit encore rempli que la moitié de la tâche d'un Homme
de Lettres, Il lui eſt de plus enjoint de renforcer
ſa voix contre tout ce qui bleſſe & avilit l'Humanité,
de flétrir le deſpotiſme , d'attaquer ſans relâche la
tyrannie , de ſe dévouer pour la cauſe commune ,
de poſſéder ce ſentiment profond qui ſe répand à
grands flots , de voir le dernier citoyen , & de devenir ſon Avocat devant l'orgueil de la puiſſance.
Eh ! qui défendra la multitude , des maux qu'on lui
inflige , ſi ce n'eſt la voix éloquente de l'homme
juſte & ſenſible ? Qu'il environne ▉▉potiſme aveu-

---

(42) Le cœur de l'homme a une fibre qui tient au
cœur des autres hommes. Dès qu'ils ſouffrent , il faut qu'il
ſoit frappé de leurs douleurs. Ce mouvement ſe nomme
pitié. L'effet en eſt inévitable ſur toute âme qui n'eſt
point endurcie : c'eſt-là ſans doute la plus belle faculté
de l'homme ; c'eſt elle qui a élevé les Hôpitaux , les maiſons de charité , les monumens qui rémédient à l'im-
perfeᴄtion de nos loix ; & ce ſont tous ces établiſſemens
utiles , qui empêchent que ce monde ne ſoit tout-à-fait
une vallée de larmes.

gle & violent de tous les reproches, de tous les
cris, de tous les gémiſſemens ; qu'il rende l'accent
aigu & plaintif de l'opprimé ; qu'il faſſe gronder ſur
la tête de l'oppreſſeur le bruit lointain & formidable
du tonnerre de la poſtérité, & qu'il ſache, malgré l'audace qu'ont affecté quelques malheureux politiques,
qu'il eſt peu d'hommes publics qui ne craignent le
jugement public.

On appellera ce courage enthouſiaſme ; il eſt
l'état naturel des âmes fortes & des Hommes de génie; ſans lui point de ſacrifice, point d'inſpiration,
point de cet attrait permanent & victorieux qui
force l'Ecrivain à compoſer ces ouvrages qui laiſ-
ſent une trace profonde dans leur ſiècle. Ce qui
empêchera toujours les Ecrivains de devenir profonds, c'eſt de n'écrire point ce qu'ils ſentent avec
le plus de force.

Heureux donc qui ſent l'enthouſiaſme de ſon
art ! qui, tandis que l'erreur a ſes héros & ſes mar-
tyrs, s'enflâme pour la vérité, & jouit dans la con-
templation de ſes chaſtes attraits, des ſacrifices qu'il
a faits pour elle. L'amour de la vérité a ſes amans
qui la préferent à tout. Entendez un Anglois qui
parle de l'amour de la liberté, c'eſt un ton mâle qui
annonce qu'il l'acheteroit aux dépens de ſa vie.
Liſez Fenelon, lorſqu'il parle de la vertu ; il l'inſinue
dans notre âme, & il fait aimer l'homme encore
plus que l'Ecrivain. L'Auteur qui s'abandonne au

vrai mouvement de fon âme , a donc un idiôme qui raifonne , non à l'oreille , mais à l'âme du lecteur ; & voilà l'éloquence.

Si tel homme fe paffionne pour un conquérant, l'idolâtre comme un grand-homme & s'imagine qu'il eft glorieux d'expirer fous fes drapeaux , ah ! pardonnons à l'efprit généreux , avide de connoiffances utiles , qui fe plaît à pénétrer le fanctuaire de la Nature ; qui y repofe avec délices ; qui , dans ce. qu'il découvre , apperçoit ce qui lui refte à parcourir , & qui fent la Nature , s'il ne peut déchirer tous les voiles qui la couvrent.

NOUVEL EXAMEN DE LA TRAGÉDIE FRANÇOISE.

Premiere Partie.

IL fe trouvera dans cet examen quelques expreffions peu mitigées , j'en préviens le lecteur ; mais quand on eft plein d'un fentiment dont on a la conviction intime , il eft très-difficile de modérer fes idées. L'on feroit plus coupable de diffimuler fa penfée , que de la produire même avec un peu trop de cha- leur. Comme on n'a en vue que la deftruction de quelques préjugés que l'on croit très-funeftes , on pardonnera à l'amour de l'art jufqu'aux blafphêmes contre les Poëmes les plus chers à la nation , & tout amateur dira ce que difoit un bon Evêque auquel on repréfentoit qu'il n'y avoit plus de facriléges : ce ne font point les facriléges , répondit-il , qui font le plus à craindre , mais la tiédeur & l'indifférence.

Si la république des Lettres eft une démocratie, pourquoi s'étonner de la hardieffe des jugemens ? N'eft-ce point à elle qu'on doit l'anéantiffement de plufieurs erreurs ? N'eft-elle pas quelquefois louable & fouvent néceffaire ? Un refpect aveugle ne reffem- bleroit-il pas à une efpèce d'idolâtrie ? Ce feroit détruire la liberté des Membres de la Littérature , que de leur ôter le droit de prononcer fur fes chefs.

D'ailleurs, l'on compte rendre un service essentie aux jeunes Littérateurs qu'on écrâse dès leur premier effort avec des noms célèbres : on leur fera voir que ces Dieux prétendus n'ont point posé les bornes de l'art , & qu'ils peuvent conséquemment se dérober à des regles puériles ; que leur génie est à eux, libres qu'ils sont de modifier l'art à leur gré. **On veut surtout leur apprendre à mépriser les jugemens ineptes** de cette foule de Journalistes , **qui** , depuis quarante ans, ne sçavent que citer des noms au-lieu de raisonner , & dont la **vénération stupide** n'est point fondée sur le sentiment des beautés , mais sur l'impuissance réelle où ils sont d'appercevoir l'art dans toute son étendue & dans les **nouveaux effets** qu'il pourroit produire.

Ces nouveaux principes sont faits , je crois, pour être discutés. Toute vérité a été combattue , dès qu'elle s'est montrée pour la premiere fois. Chacun , quoi qu'on en dise , est juge exact en Littérature de la maniere dont il est affecté. Le sujet qu'on examine est important , puisqu'il tient de si près à l'instruction publique & à l'art de former les mœurs. On peut être rejeté , critiqué ; passer **pour bisarre** pendant dix ou vingt ans , & avoir raison **un peu plus** tard ; les exemples ne manquent point.

Tout homme qui réfléchira sur la forme actuelle de notre Tragédie , sentira combien la **premiere direction** qui lui fut donnée , a été fatale à l'**Art dra-**

matique, & ne pourra s'empêcher de regretter alors
que les Mairet, les Rotrou, véritables inftituteurs
de la maniere reçue, aient eu quelque connoiffance des anciens. Si les Tragédies Grecques leur
avoient été inconnues, forcés de créer l'Art, ils fe
feroient repliés fur eux-mêmes & fur les objets qui
les environnoient. Seuls & en préfence de la Nature, obligés de l'étudier de préférence, & de la
prendre pour modele, au-lieu de traduire fervilement des livres, ils auroient fait monter fur la fçéne
des hommes femblables à ceux qu'ils voyoient agir.
On auroit vu l'expreffion vivante du génie, au lieu
de cette phyfionomie morte qui naît des traductions.

C'eft donc un malheur qu'*Euripide*, *Sophocle*,
Efchyle, *Sénéque*, foient tombés entre les mains
d'hommes qui d'abord n'ont pas fçu les diftinguer,
& qui enfuite ont cru reffufciter l'Art, en copiant
le Théâtre des Grecs. Voleurs groffiers, copiftes
infideles, fans fonger à l'extrême différence des tems
& des lieux, à la varié infinie des caraéteres, à la
fécondité de l'Art, ils n'ont jamais foupçonné que
le Théâtre dût être la véritable école de la vie, &
un amufement utile pour toutes les conditions.

Non, jamais l'imbécillité humaine ne s'eft mieux
caraétérifée que dans la foible & languiffante empreinte de ces premieres Tragédies, où, loin des
peintures naïves & vraies, il n'y a rien qu'on puiffe

dire au cœur de l'homme, rien qui doive l'intéresser, rien qui parle à la multitude assemblée ; où l'on semble enfin mépriser les classes vulgaires, en ne faisant paroître que des Rois, auxquels on donne un langage hyperbolique qui leur est même étranger.

Et voilà comme un Art simple & fécond, livré d'abord à des hommes qui alloient consulter *Aristote* pour la structure d'une Piece Françoise, a reçu des entraves si gênantes, qu'il en est, parmi nous, demeuré au berceau. Toutes les grâces du langage ne lui ont pas ôté sa petitesse & sa bisarrerie. Voulez-vous sentir combien il est borné & foible ? Rapprochez-le en idée de la multitude des caracteres, de l'énergie des passions, & de la foule des individus qui restent à peindre.

Ce ne sont point des génies créateurs & pleins de vie qui ont présidé, en France, à l'origine de l'Art ; ce sont des traducteurs timides qui ont pris çà & là des matériaux étrangers pour en construire un édifice, qui, de ce mélange, en a conservé jusqu'à nos jours une physionomie vraiment équivoque.

Le premier pas fut une erreur qui est devenue immense, & qui semble condamner presque toutes nos Tragédies à rentrer avant peu dans l'oubli. Cette erreur a consisté à tirer l'art d'un seul côté, d'un côté extrême, c'est-à-dire, à n'imprimer à une Tragédie, d'un bout à l'autre, qu'un même ton grave, en-

tentieux , impofant & roide ; à méconnoître ces
nuances gracieufes & légères, ces détails néceffaires ,
ces mouvemens francs & originaux qui conftituent
la vie ; à ne vouloir jamais defcendre de cette hauteur factice , de ce langage ampoulé & uniforme ,
de cette maniere étroite & tendue , qui attefte , à
chaque hémiftiche , le travail pénible & l'âme froide
du rimeur.

Euripide , Sopocle , peignoient des hommes , &
non des perfonnages chimériques. Mais nos héros
font tous fantaftiques , & reçoivent leur éxiftence de
la façon du Poëte , toujours debout & dans la même
attitude , fidèles à la rime , abandonnés à un *parlage
intariffable,* répétant une enfilade de maximes vuides,
amenés de force fur la fcène , & chaffés quand on
n'a plus befoin d'eux ; ce font des mannequins
obéiffans au fil d'archal qui les précipite comme
des marionnettes , dans une action compliquée à
loifir , & , par cela feul , infiniment fauffe. *Non* (a dit
quelqu'un) *notre Tragédie n'eft plus une action humaine ; c'eft un tiffu de miracles.*

Que n'ont-ils donc péri ces anciens modeles qui
n'ont fervi qu'à égarer & gâter leurs prétendus imitateurs ; ou plutôt que ne fe font-ils offerts à la Nation , qu'après qu'un génie vigoureux , fier du fentiment de fes forces , agiffant en maître , marchant
feul , auroit fçu étendre la circonférence de l'art à
tous les points où l'Humanité eft intéreffante! Ce plan

vafte une fois arrêté , l'admiration pour les Grecs
(jufte d'ailleurs) eût ceffé d'être fervile & fuper-
ftitieufe. On eût faifi leur efprit, au-lieu de les mettre
en lambeaux ; & la fcène, aggrandie , auroit admis
en fon enceinte tout ce qui porte le nom facré
d'homme , le dernier comme le premier ; car ce
n'eft point l'oripeau d'un habit qui conftitue l'éloquence & l'intérêt de l'art. Sous la burre on peut
avoir un cœur & un efprit de Roi , ainfi qu'il y a
fouvent fous la pourpre un cœur & un efprit bas.

Cependant le Théâtre Grec offroit en foule
des exemples de cette naïveté précieufe : mais les
Tragiques François , foibles , petits & barbares,
contens de prendre les noms de ces anciens perfonnages , leur mirent une groffe perruque fur la tête ,
& les obligerent, bon gré , malgré, à aller chercher
la terminaifon de leurs phrâfes dans le Dictionnaire
de Richelet.

Si l'imitation fert de bâfe fondamentale à la peinture , elle en doit fervir à tous les arts. Quand un
Poëte , au-lieu de deffiner & peindre la Nature qu'il
a fous les yeux , va copier des fcènes Grecques, je
crois voir un peintre qui , au-lieu de deffiner un pay-
fage fraîchement coloré par la rofée du matin , va
copier froidement un tableau dans un cabinet : ce
fera la copie d'une copie. Le trait vivant, naïf, s'é-
loignera d'autant plus ; le tableau aura de l'art ,
mais point de reffemblance. Voilà l'hiftoire de nos

Poëtes Tragiques : ils ont fait des copies éternelles :
ils font parvenus à être élégans, mais fouveraine-
ment ridicules ; car fi le plaifir que donne la Tragédie réfulte des effets de l'imitation, il eft fûr que
tout homme un peu inftruit, doit regarder notre
Tragédie comme purement factice & abfolument
étrangère à nos intérêts civils & politiques. Malgré la
charge ou la foibleffe du pinceau, on ne rit pas tout-
à-fait, il eft vrai, parce que la déclamation, le ftyle,
la gravité de l'affemblée, quelques traits d'éloquence
nous féduifent ; & que d'ailleurs le cœur de l'homme
eft tellement avide de fenfations, qu'il reçoit les
plus vagues au défaut des plus vives & des plus di-
rectes, comme un homme qui a grand faim trouve
excellent le mêts le plus groffier : mais dans la réfle-
n du cabinet, il y a de quoi rire du ferieux que
l'on a donné à des tableaux auffi imparfaits (43).
L'impofture alors paroît dans tout fon jour : on voit

---

(43) Nous citerons ici une petite fable Perfanne, in-
titulée : *La Tragédie moderne.*

Un Roi de Perfe fit tirer un jour fon horofcope. Ce
Roi qui fe moquoit affez du paffé, & même du préfent,
étoit fort inquiet fur l'avenir. L'aftrologue, ayant bien
examiné la conjonction des aftres, déclara fort inno-
cemment, que le Roi mourroit, à coup fûr, d'un long

bientôt qu'il n'y a point de réalité dans ces Tragédies qui fe reffemblent toutes.

---

bâillement ; ce qui, felon la traduction des mots Per-
fans, équivaut à *mourir d'ennui.* On s'appliqua donc très-
foigneufement à prévenir tout ce qui pouvoit provoquer
ce figne fatal, lequel devoit être, pour Sa Majefté, l'a-
vant-coureur du trépas. Défenfe conféquemment à tout
mélancolique de traverfer les cours ainfi que les efcaliers
des Châteaux que le Roi pourroit habiter. Ordre exprès à tout Courtifan d'avoir inceffamment le fourire
fur les lèvres & quelques bons contes dans la mémoire.
On enleva des Bibliothèques du Prince tous les moraliftes anciens & modernes, tous les Differtateurs, les
Jurifconfultes, les Métaphyficiens, & on tapiffa les murailles de Peintures pleines de feu & de gaîté. On or-
donna que les gens de Juftice ne porteroient plus que
des habits couleur de rofe. On fit une recrûe de tous
bouffons & ils furent largement payés. Bal quatre fois
la femaine, Comédie tous les jours ; mais point d'Opéra,
& pour caufe. Aux portes du Palais, des gens affidés
verfoient du caffé à tous venans ; & quiconque lâchoit
un bon-mot, obtenoit fur le champ un paffe-port pour
aller partout. Rire & faire rire, étoit le propre d'un
grand-homme qui fervoit dignement fon Prince ; & l'Etat
& toutes les dignités appartinrent de droit aux plaifans
qui narroient les plus joyeufes facéties.

Un Poète qui n'étoit ni trifte ni gai, mais qui amufoit
affez ceux qui l'écoutoient parler de fes vers, étoit parvenu à la Cour, on ne fait trop comment : mais enfin
                                                        Cet

Cet art s'eſt donc briſé en France contre l'écueil
de l'imitation ; il falloit ſans doute ſe pénétrer du
génie des Grecs , mais non leur enlever leurs ſujets

---

il s'y trouvoit , & comme l'on confond aſſez dans ce
pays, les Poètes avec les fous, il avoit ſes entrées. Il
mit à profit cet avantage & fit ſi bien, qu'il obtint de
lire devant Sa Majeſté une Tragédie toute entiere de ſa
compoſition ; Tragédie, ſelon lui, étonnante, pathétique, qui réuniſſoit tout ce qu'Ariſtote exige, d'après les
Drames Grecs, la terreur, l'admiration & la pitié ; elle
étoit prônée d'avance avec un enthouſiaſme ſingulier ; &
chacun de s'écrier ſans la connoître, *c'eſt admirable.* Le
Poète vint & lut ; le Roi bâilla & mourut.

L'Auteur eſt ſoudain arrêté, comme coupable du crime
de lèſe-Majeſté au premier chef, & condamné à perdre
la vie au milieu des ſupplices d'étiquette. Il ſe récria fortement, moins ſur la violence commiſe contre ſa perſonne, que ſur l'injuſtice horrible, abominable, qu'on
faiſoit à ſon ouvrage tragique, admiré de toute une Académie. Le goût avoit préſidé à la conſtruction de chaque vers, & ils étoient ſi bien moulés ſur les bons
modèles, qu'en cas de beſoin on les y retrouveroit preſque tous. Voilà ce que le Poète avança pour ſa juſtifi-
cation. Le Tribunal Suprême crut devoir procéder avec
toutes les formalités requiſes ; & comme on repréſente
toujours au coupable l'inſtrument du crime, il fut or-
donné au Poète de reprendre & de relire cette fatale
Tragédie, devant tous les juges aſſemblés. Le Poète, la
tête nue, & dans la poſture des criminels, environné
de tous les Ordres de l'Etat, lut ſa Pièce ; & dès la ſeconde

G

& défigurer *Sophocle* & *Euripide*. Il falloit nous donner une traduction exacte de ces chef d'œuvres, ou n'y point toucher pour les plier mal-adroitement à nos mœurs & à nos usages. S'ils ont été admirés par une nation ingénieuse & sensible, pourquoi ôfer y porter témérairement la faulx ? pourquoi dénaturer des caractères antiques, pour les vétir à notre mode ? C'est d'abord un contre-sens qui choque quiconque a l'amour du vrai.

Corneille, dans l'examen de son Œdipe, se félicite de l'heureux Episode de Théfée & de Dircé; c'est-à-dire d'avoir gâté son sujet à l'aide d'une profonde méditation. N'est-il pas un peu extraordinaire que cet homme de génie n'ait pas senti la premiere scène de Sophocle, & qu'il ait été chercher dans une structure forcée, un intérêt touchant déjà établi & qui naissoit de la simplicité du sujet.

---

scène, voilà que tous les fronts sévères & rembrunis se déridents; & progressivement de longs éclats de rire, qu'on vouloit vainement étouffer, se font entendre, & percent de différens côtés. Ces cris bientôt dégénèrent en convulsions; ils annonçoient la grâce du Poète. En effet, tous les Juges, en se levant, déclarèrent d'une voix unanime, que rien au monde n'étoit plus plaisant que cette Tragédie, & que le trépas subit de son Auguste Majesté avoit eu certainement une toute autre cause. En conséquence le Poète fut remis en liberté & renvoyé bien absous au cercle de ses admirateurs.

Croyoit-il par des tendreſſes fades remplacer les beautés du Poëte Grec? Qui l'a donc égaré, ſi ce n'eſt l'habitude, & ce fatal Ariſtote qu'il commentoit ſi mal. D'un autre côté cette complaiſance amoureuſe que Racine prête à tous ſes héros, affadit ſes Tragédies ; & , avec de l'eſprit & une verſification douce & coulante, ce Poëte eſt parvenu à faire des pièces qui attendriſſent : mais il n'a que très rarement ces traits qui remuent les âmes & élevent les courages. Par une imitation trop éxacte, ſes ſucceſſeurs ont achevé de dénaturer l'art; & l'art qui ne ſe renouvelle point , néceſſairement ſe détériore. Or l'art n'eſt point ſorti du premier moule.

Pour juger le procès, il faut aſſembler la multitude. La multitude eſt le ſeul juge du Poëte Dramatique. Elle connoit par un inſtinct ſupérieur ce qui eſt bon, elle a le germe de toutes les vérités uſuelles, & plus que les Auteurs gâtés par des livres. Les prétendues connoiſſances des Gens-de-Lettres ne ſervent qu'à fortifier un goût factice , & à les éloigner des vrais tableaux qu'ils ne ſçavent plus reconnoître. Ce ſont les plus mauvais juges du monde , parce qu'ils ne ſe déterminent jamais par la ſenſation qu'ils reçoivent , mais par des réflexions étudiées qu'ils prennent follement pour le ſentiment de l'art.

Les perſonnages ayant été mal choiſis , il a fallu que l'élocution ſuivît plutôt celle du Poëte que celle de l'homme. Un idiôme conventionnel a remplacé la Nature : mais les beaux vers, les traits heureux, font les paillettes d'or attachées à une étoffe qui n'a point de confiftance : la broderie eft fuperbe, le fond n'en vaut rien.

Où trouver dans nos Tragédies de ces tableaux vrais, qui furmontent notre incrédulité, qui nous faffent oublier les loges & les planches ; qui enlèvent tellement notre âme, que nous fuivions prefque à notre infu les mouvemens du perfonnage, & que nous nous difions à nous-mêmes : *Non, on n'imagine point cela?* Au contraire, les incidens font toujours paffés fous filence ; tandis que les incidens feuls conftatent une action vraie ; l'homme eft détruit autant que le héros ; l'homme n'eft plus qu'un compofé romanefque qu'on a peine à reconoître ; il parle & n'agit point, ou il n'agit que conformément à la décence nationale, & jufques dans fes révérences & fes madrigaux, il ne choque ni le ton, ni les ufages, ni les préceptes reçus.

Encore fi le Poète favoit diverfifier fes deffins imaginaires ; mais non : il eft fi content de lui-même, qu'il fe copie & fe répète le lendemain. Le tyran aux fourcils élevés, le confident toujours humble & toujours fuppofé difcret, la Princeffe amoureufe & fiere, le jeune Prince malheureux & chéri, ne font que changer de place, comme à une table de jeu : ils étoient à gauche ; le Poète, par un coup étonnant de génie, les met à droite : ils avoient un caf-

que , il leur donne un turban : ils refpiroient à Rome,
il les tranfporte en Perfe ; & à l'aide des lampions
& du fouffleur, cette férieufe caricature paffe comme
fi elle n'étoit pas étrangement rifible.

Il faut néanmoins qu'ils voyagent par un labyrinthe d'épreuves , labyrinthe ufé. Une révolution
fubite , un peuple qui s'émeut en un clin-d'œil, une
armée qui fort de deffous terre , font les feuls poids
qui faffent vaciller la balance des évènemens : elle
flotte incertaine jufqu'au cinquième Acte , qui aver-
tit que le dénouement approche. Alors le Poëte
fait briller le poignard ou la coupe empoifonnée :
le poignard eft l'attribut de la Melpomène Françoife , & elle joue de l'inftrument à point nommé :
le Tyran fe tue ou bien il eft tué , mais c'eft toujours
de maniere que l'on n'a jamais rien vu de tel dans
le monde. Le mourant , femblable à un gladiateur
Romain, expire de fi bonne grâce , qu'il a l'air de
s'endormir ; car ce n'eft pas tout que d'être affaffiné ,
il faut , devant une affemblée auffi refpectable , être
poli & décent jufqu'au dernier foupir : point de
convulfions , le poifon qui fe verfe dans la coupe
homicide , eft toujours en France de l'Opium.

Et le dialogue , que devient-il au milieu d'une fi
étrange nature ? J'entends inceffamment une mufe
compaffée jufques dans le défordre effréné des paffions ; la cadence , l'hémiftiche & la rime ne lâchent
point prife : eft-ce qu'un filence peut dire quelque

G 3

chofe ? Au lieu de ces mots fimples , entrecoupés , qui peignent les tranfports tumultueux , je reçois une tirade à périodes , qui me fait dire : *oh ! comme cela eft bien écrit !* & le Parterre, de battre des mains ; tandis que le héros éffoufflé reprend haleine : mais s'il a fait quelque effort , ce n'eft tout au plus qu'un effort de Mémoire.

Britannicus eft la pièce qui fe rapproche le plus de la vérité hiftorique , parce que l'Auteur n'a pas fait un pas fans *Tacite* ; & fi le jeune Prince étoit moins francifé , ce feroit un chef-d'œuvre. Mais dans fes autres pièces que de menfonges & de vuides ! comme il a habillé les Grecs de pièces & de morceaux rapportés ! Comme tout occupé de l'harmonie de fes vers , il a fait difparoître le naturel , la naïveté ! Qu'il avoit le goût étroit & faux dans l'enfemble , cet homme qu'on nous repréfente comme un modèle de goût ! Peintre manieré , il a fait des vers qui font des beautés de cabinet ; c'eft une efpece de guillochis précieux , élégamment admirable ; mais ce ton eft petit & infupportable à mon oreille , quand je fonge au langage des paffions & à la préfence augufte d'un peuple affemblé.

Un homme d'efprit difoit : en me promenant au Palais Royal , je rencontre *Hippolyte* , *Xipharès* , le jaloux *Pirrhus* ; je falue Mefdemoifelles *Iphigénie* & *Junie* , la refpectable Madame *Monime* ; & je crois voir *Théſée* dans un coin qui boude ſur une chaiſe en penſant à ſa ſeconde femme.

Ainſi ces Tragédies ſi vantées, parce que nous n'a-vons que celles-là à admirer, reſſemblent à la lettre aux enſeignes du Pont Notre-Dame (44). On y voit bien la figure des Rois, mais d'une repréſentation qui atteſte la centième copie : elle vous invite à rire par l'envie même qu'elle a d'être fidelle.

La nature ! la nature ! elle a été étouffée par nos Tragiques ; l'Art ne pourra renaître que quand on

_____

(44) Cette image fera jeter les haut cris, j'en ſuis fâché ; mais l'image eſt juſte, je ne ſçaurois l'effacer. Telle enſeigne eſt fort bien peinte, je n'attaque point le pinceau, mais le défaut de reſſemblance. Les divines tirades du divin Racine, ſont merveilleuſes, d'accord ; mais voudra-t-on nous perſuader que Pyrrhus, Xipharès & Hippolyte, ont eu la phyſionomie que leur donne le Poëte. L'on vous vendra ſur le Pont-Notre-Dame la figure des Empereurs, à-peu près telle qu'on la livre ſur le Théâtre François. Le portrait ſera quelquefois d'une touche libre, heureuſe : mais ne me dites pas que la reſſemblance ſoit exacte. Achille qui vient dire à Aga-memnon. *Un bruit aſſez étrange eſt venu juſqu'à moi, Sei-gneur ; je l'ai jugé trop peu digne de foi. On dit, &c.* eſt un Achille Spadaſſin, qui vient poliment propoſer un duel, & le *Théſée*, l'*Aricie*, la *Junie*, le *Bajazet*, & même le jeune *Britannicus*, n'ont ni le langage, ni les mœurs, ni le coſtume de leur pays, ni même de leur ſituation. Ce ſont des tableaux abſolument factices.

les aura parfaitement oubliés. Et qu'eſt-ce que la
nature ? C'eſt le trait ſimple & nu , libre & pur , qui
s'éloigne le plus du rafinement & de l'étude, de
l'art. Ce qui eſt naïf & touchant ſe diſtingue ſi aiſé-
ment de ce qui eſt combiné , même avec élégance !
Tout ouvrage gracieux eſt ordinairement petit ; des
charmes menſongers font appercevoir la main qui
a ſoigné , apprêté , arrangé tous ces vains ornemens.
Mais l'éloquence jaillit à grands flots de l'âme de
l'Ecrivain qui a conſulté avant tout la nature : il ſaiſit la vérité , & trouve alors les nobles proportions :
l'image eſt grande & ſimple , & plus on la conſi-
dére , plus on s'enflâme d'amour pour elle. Elle n'a
pas beſoin d'être ornée ; elle eſt belle , parce qu'elle
eſt une & vivante , qu'elle ne veut point ſéduire , &
qu'elle ſe félicite de ne point exiſter pour qui ne
l'apperçoit pas. C'eſt la beauté de tous les ſiècles
qui ſubſiſtera indépendante des modes & des va-
riations.

Qu'enſuite l'impertinent critique vienne , ſes
phrâſes à la bouche , nous parler de ce qui s'eſt
fait, de ce qu'il faut faire conformément à ce qui
s'eſt fait : il faut lui laiſſer ſa petite théorie , qui, toute
frèle & toute minutieuſe qu'elle eſt , eſt encore ſu-
périeure à ſa pratique.

Anathême à la bouche qui a dit qu'il y avoit vraiment peu de caractères réellement diſtincts. Chaque
individu a ſon exiſtence à part , & c'eſt l'œil qui ne

fait point voir , ou qui fe contente des fuperficies , qui a avancé cette groffe erreur. Lifez *Richardfon* , lifez *Shakefpear* ; & voyez tout ce qui repofe dans le cœur d'un feul homme , & s'il y en a deux qui aient exactement le même vifage , & la même attitude.

Mais ce qui a fur-tout perdu l'Art en France , c'eft d'avoir fuivi les unités de tems & de lieu , deux règles , qui , par leur abfurdité , devoient être profcrites, & qui ont été avidement adoptées par les Poètes François. Ils ne fe font pas apperçus de la perte immenfe qu'ils alloient faire , en s'affujettiffant à des entraves qui devoient néceffairement les priver des plus grandes beautés.

Et fur quoi font fondées ces deux règles puériles & fauffes ? En coûtera-t-il plus à mon imagination de franchir l'efpace de trois jours que l'efpace de quinze heures? Dans la règle actuelle , en une minute on aura donné une bataille , & le Poète ne fera point en faute ; & à l'aide d'un repos , il ne pourra dire aux fpectateurs affemblés , *tant de tems s'eft écoulé pour l'action théâtrale* ; mais lorfque je lis un Roman ou un Poëme Epique , eft-ce que ma penfée ne comble pas rapidement & facilement tous les intervalles? Ou réduifez donc l'action à la durée de la repréfentation , ou , fi vous vous en rapportez à la vivacité de mon imagination , ne me traitez donc pas foudain comme fi j'en étois abfolument dépourvu. Dès que l'action commence, je ne me règle plus sur l'horloge, ie me remets entièrement entre les mains du Poète ; je suis sa marche progreffive; il eft maître de faire couler les heures à son gré ; il me fera de même franchir les diftances : car je n'aurai pas plus de peine à combler l'intervalle du tems ; j'obéis à sa voix qui devient sa règle : car il faut que ma penfée voyage ; ou qu'elle se figure que les perfonnages arrivent là. Il eft plus naturel à ma penfée de faire le chemin : il fuffit qu'elle foit avertie ; elle part, bondit & s'élance , & la vraifemblance n'eft point alterée : au-lieu que, quand le Poète entaffe les évènemens dans l'efpace de vingt-quatre heures , qu'il traîne de force tous les perfonnages au même lieu, & qu'il veut me rendre complice de fon groffier menfonge , je me révolte, & j'aurois mieux aimé qu'il m'eût montré des fcènes fucceffives , ifolées , qui n'excédaffent point la mefure de la réalité, que de fentir l'effort continuel & mal-à-droit du Poète qui tyrannife violemment fes perfonnages , pour les emprifonner dans une courte durée & dans un point donné.

En empruntant de Guillen de Caftro le fujet du Cid, Corneille n'a point fenti qu'en voulant affujettir aux règles un évènement trop vafte, il lui ôtoit toute vraifemblance. C'eft par cette pitoyable règle des vingt-quatre heures que dans un efpace fi court de tems, il nous offre trois combats fingu liers & une bataille, avec plufieurs autres incidens, & qu'il ôfe encore nous laiffer entrevoir le futur mariage de Chimène avec Rodrigue teint du fang du père de fa maitreffe. La bienféance eft violée, parce qu'il a voulu que la durée de l'action commençât & finît entre deux foleils. Il y auroit eu plus d'illufion & de vérité, fi Corneille avoit fçu prendre le tems néceffaire pour laiffer à la douleur de Chimène celui de s'appaifer ; mais, entêté de fon Ariftote, il crut qu'il falloit refferrer à un point local, les divers incidens d'une grande action. Il ne vit pas qu'il l'annuloit, & que, fi l'Art confifte dans l'imitation, tous ces évènemens accumulés refferrés & précipités les uns fur les autres, font bien plus incroyables que s'ils étoient répandus fur une plus grande étendue de terrein & femés à des intervalles néceffaires. Pour éviter une prétendue confufion, il en fit naître une autre plus confidérable. L'imagination obéit facilement à la duplicité du lieu, mais le bon-fens eft choqué, lorfqu'on enferme les perfonnages dans un lieu circonfcrit où ils doivent néceffairement arriver & fortir d'une maniere bifarre, étroite & gênée. Il eft bien à regretter que cet homme de génie fe foit plié à des règles auffi ridicules, & ait entraîné par-là tous fes fucceffeurs qui n'ont pas même imaginé la poffibilité de fortir des entraves que leur maître avoit confacrées. Et voilà comme un Art ne

franchit point fes limites primitives , lorfque le **Poète**
eft fuperftitieux. Ces défauts choquans fe font encore plus fentir dans Cinna où les confpirateurs parlent dans le cabinet d'Augufte.

Lorfque le Poète veut enfuite me réveler l'âme,
le caractère , la vie entiere d'un homme , il accumule les faits d'une maniere bifarre ; il en accable
la tête de fes perfonnages, les invraifemblances naif-
fent , & pourquoi ? Parce que le malheureux n'a que
fes vingt-quatre heures pour me développer le cœur
d'un ambitieux, d'un amant, d'un jaloux, d'un tyran ; & où font les gradations néceffaires? Comment
ferai-je conduit à croire ce qu'il veut me perfuader ?
Ce font plufieurs époques de la vie humaine bien liées
enfemble que je voudrois appercevoir ; & il ne me
raconte fèchement que l'hiftoire d'un jour : auffi le
Poète fe perd-il en paroles ; & , pour avoir voulu
éviter un danger, il eft tombé dans plufieurs autres,
qui diffipent entièrement l'illufion , en me montrant
la main laborieufe du Machinifte.

C'eft donc ainfi que les Poètes François fe font
tous mis volontairement au cachot , en tendant les
mains aux chaînes pefantes de ces deux unités. L'air
de gêne & de fervitude s'eft imprimé fur leurs fronts ;
& quand ils veulent tourner dans leur enceinte étroite,
où ils étouffent avec leurs perfonnages , ils fe
fatiguent cruellement pour fatiguer le fpectateur,
qui embrafferoit volontiers un plus libre efpace, &

qui ne voit jaillir de ces deux règles abfurdes qu'un court inftant de furprife, au-lieu de ces grands tableaux fucceffifs, variés & majeftueux, qui pénètreroient fon âme toute entière. Tant que l'on ne reftituera pas à l'Art fon étendue naturelle, on le verra, fous le joug, froid & inanimé.

Que le lieu change donc, & que le tems s'écoule, plutôt que la vérité manque. Puifque l'Art eft une fiction, avertiffez-moi plutôt que de vouloir me tromper; ne m'amenez point, comme des captifs garottés, des perfonnages éloignés, que mon imagination ira trouver fans frais & dans un clin-d'œil : une matière libre & conforme à la nature me plaira davantage : je fçais bien qu'un Poète n'eft pas un Magicien, & dès qu'il fera vrai, il me trouvera toujours difpofé à le fuivre. J'aime beaucoup ces vers d'*Horace*, quoiqu'ils ne foient pas tout-à-fait juftes :

Ille per extentum funem mihi poffe videri
Ire Poeta, meum qui pectus inaniter angit,
Irritat, mulcet, falfis terroribus implet;
Ut magus eft, &c.

L'imitation parfaite & abfolue eft impoffible dans cet Art comme en tout autre : mais les tableaux qui fe fuivront dans l'ordre des chofes, n'en auront à mes yeux qu'un plus grand caractère de vérité. Ainfi s'enchaînent les évènemens connus dans une gradation exiftante; & le Poète qui veut les cumuler ridiculement en un jour , en un lieu , fe précipite avec eux dans le menfonge qui tue l'intérêt.

Et les vers ?... pour qu'on les pardonnât , il faudroit qu'ils fe rapprochaffent de la profe, c'eft-à-dire, qu'ils fuffent doux , fimples , faciles & naturels; fi l'on en a de tels, à la bonne heure , je les écouterai (45) : mais le Poète fe fera toujours donné beaucoup de peine pour n'opérer que ce que la profe fait tout auffi bien , & peut-être mieux encore. Le plaifir eft égal; mais il reftera toujours la bifarrerie de parler en vers à la multitude , comme à une affemblée d'Académiciens. Mais , la difficulté vaincue , dira-t-on ... je ne tiens pas compte au Poète de celle-là. Qu'il me plonge dans l'illufion, que fon langage foit vrai, convenable à l'action , & je le difpenfe de perdre fon tems à coudre des rimes; qu'il me faffe deux pièces au lieu d'une, & qu'il laiffe - là le mêtre & l'hémiftiche ; la profe d'ailleurs n'a-t-elle pas fon nombre, fa grâce, fon harmonie, fon charme, d'autant plus vrai qu'il eft

---

(45) Ce n'eft pas ici le lieu d'examiner jufqu'à quel point le vers a fait dire à Corneille & à Racine le contraire de ce qu'ils auroient dû dire. Cette Differtation trouvera fa place ailleurs. La verfification & la Poéfie font deux chofes abfolument diftinctes; & nos Poètes Dramatiques ne font véritablement éloquens, que lorfqu'ils ceffent d'être verfificateurs. C'eft ce qu'on fe flatte de démontrer.

plus flexible & plus varié ? Imaginez la profe de Rouffeau fur la fcène françoife, & voyez comme tous les vers pâliffent.

On ne s'amagine pas combien la rime coûte à la penfée, même chez nos plus grands Poètes. On conçoit un fentiment profond, on ne trouve point de rime; il s'en préfente une pour exprimer une penfée ordinaire; on s'y refufe d'abord, on s'échauffe la tête pour rallonger, raccourcir, tourner, retourner fa phrafe. On torture fon cerveau. L'inflexible langue ne préfente aucun tour que la rebelle rime ne répudie. Celle qui s'ajufte au trait léger, eft employée, & le perfonnage qui alloit avoir une phyfionomie burinée, n'offrira qu'une figure fans caractère. Il faudroit laiffer cet Art pénible à celui qui fait des Odes, ou un Poème Épique. C'eft le Poète alors qui parle. Il eft infpiré.

La rime rend fouvent Corneille diffus, embarraffé, inintelligible; elle gâte plufieurs morceaux pleins de verve & d'élévation. Racine me paroît conftamment caché derrière fes perfonnages, & habile à leur infinuer fon langage harmonieux. J'entends fa flûte douce qui cadence des périodes arrondis, même dans le tumulte effréné des paffions; je ne perds jamais de vue ce Poète; & quand Monime, formant le projet de s'étrangler, apoftrophe le tiffu fatal, j'oublie prefque cette fituation touchante, douloureufe, pour admirer des vers qui font le dernier terme de la recherche & de l'art. Ce morçeau eft fupérieurement écrit ; mais il eft trop beau, puifqu'il me montre plus Racine, que la plaintive & défolée Monime. M. de Voltaire devient épique dans fon Œdipe, dans fon Alzire, dans fa Sémiramis, dans fa premiere fcène d'Orofmane, entraîné qu'il eft par cette pompe d'élocution qui enlève les battemens de mains du partere. Ses confidens font toujours chargés de fes plus beaux vers, parce qu'il aime à fe faire voir ; mais dès que le vers fait admirer le Poète, le vers tue à coup fûr le perfonnage ; & que devient l'illufion ? On chérira encore cette beauté conventionnelle qui détruit des beautés plus vives, plus précieufes & plus naturelles. Le François fera foumis à ce bifarre préjugé encore trente ou quarante ans ; mais enfin lorfqu'en fe rapprochant de la fimplicité & de la nature, il aura fenti le charme de la vérité naïve, il verra que le vers fur la fcène n'eft qu'un faux ornement qui tend à corrompre l'efprit, lorfqu'il faut être tout entier au fentiment & à l'image.

Au refte, un Art qui n'a encore parmi nous qu'une même forme & qu'une feule couleur, peut bien avoir des partifans entêtés qui ne foupçonnent rien au-de-là. On ne leur contefte certainement pas leurs plaifirs ; mais ils ne doivent pas trouver étrange que d'autres, doués d'organes non moins fenfibles, foupirent après un tableau plus fidèle, plus animé, &

fur-tout

fur - tout qu'ils le demandent plus varié & plus touchant.

Le Poète veut toujours être apperçu & fe mêler parmi fes perfonnages ; il ne fçait pas combien il gagneroit à difparoître tout-à-fait ; plus on l'oublîra , plus il devra être fatisfait. Qu'ai-je befoin d'entendre fa voix par la bouche de tel Monarque ? Que ne fe perfuade-t-il plutôt qu'un Roi n'eft pas toujours Roi, qu'il eft homme par intervalles ; que le hiffer perpétuellement fur le cothurne, c'eft comme fi on le couchoit dans fon lit , le manteau royal à fleurs d'or fur le dos, les brodequins aux pieds & la couronne en tête ?

Nous voilà , nous autres François , froidement extravagans, avec notre manie de fuivre des règles fantaftiques, c'eft-à-dire , la marche de nos prédéceffeurs. Nous voulons paffer pour réguliers ; nous devenons froids , pefans , monotones, & les grands traits de génie nous échappent.

Il eft vrai qu'un Auteur qui fent fa foibleffe & fon peu d'invention , taille toujours fon drap, comme fait le tailleur, fur le patron confacré : il n'ôfe diriger fon cifeau au-de-là de la ligne tracée ; c'eft toujours la même coupe : cinq actes ou quatre repos ; quinze-cents vers diftribués à quatre ou cinq perfonnages, & du fang répandu vers la fin.

Mériterons-nous encore un pareil reproche de

H

l'étranger? Non ; le tems de la révolution eſt arrivé, elle eſt commencée depuis quelque tems dans
tous les bons eſprits ; & un ſecond théâtre la dé-
cideroit d'une façon éclatante & victorieuſe. J'ôſe
le prédire, ſi ce ſecond théâtre a lieu.

On regimbera d'abord contre les nouveautés les
plus heureuſes, on n'en doute point ; car la foule
des eſprits moutonniers s'irrite de tout changement
fait à l'Art Dramatique. Les Poètes Tragiques ne ſeront pas les derniers à jeter de longues clameurs,
parce que, eſclaves des préjugés reçus, tremblans
devant le regard des périodiſtes, ils s'abaiſſent juſqu'à recevoir la forme ſous laquelle ils doivent leur
plaire. Mais l'Auteur qui n'aura pas la noble & légitime hardieſſe de faire obéir la foule à ſes con-
ceptions neuves & vigoureuſes, laiſſera l'Art au
même point où il l'aura pris, & ne lui ayant pas
fait faire un ſeul pas, il aura contribué à ſa décadence.

Heureux donc celui qui regarde l'opinion d'un
peuple faſciné ou égaré par l'habitude, comme
l'opinion d'un ſeul homme ; qui en croit le ſentiment intime qu'il a de la vérité, plutôt que les règles tyraniques de l'uſage ; qui ſait juger mieux
qu'elle même ce qu'il faut à la multitude, & qui,
en conſéquence, s'abandonne à l'originalité, comme

feule capable d'étendre la fphère de nos ·jouiffan-
ces (46).

Jeunes Écrivains, (car tout ce morceau ne s'a-

---

(46) Toutes les Pièces faites depuis près de cent ans
font fondues dans le vieux moule de notre Tragédie
Françoife. Unités de lieu & de tems , obfervées felon
toutes les règles *facrées* ; converfations longues & froides,
fuivant l'ufage du pays. Perfonnages toujours debout ,
monologues inutiles , parlage intariffable. Actes, Scènes
mefurées & coupées fur l'immuable patron de notre Melpomène *artialifée* ; caractères conçus & exprimés , non
d'après le trait pur de l'antique , mais bien d'après les
plâtres François dépofés dans les boutiques où giffent
tant de héros eftropiés de la main lourde de nos Poètes. Perfonnages entrans, fortans, parlans, comme font
entrés , comme font fortis , comme ont parlé fur les planches de notre petit Théâtre , tant d'Empereurs , d'Im-
pératrices, de Rois, de Reines , de Princes , de Princeffes ,
de Confuls, de Capitaines , de Miniftres , & furtout de
Confidents & de Confidentes ; en fomme tous petits
monftres qui font rire de pitié , & qui , contre les loix de
la Nature , s'engendrent les uns des autres , & , fidèles à
leur race , ne dégénèrent qu'imperceptiblement. Cependant il ne faut pas défefpérer de voir ce goût déteftable
abfolument anéanti. Le Théâtre de Shakefpear , une fois
connu, le heurtera avec fa rudeffe victorieufe ; & il
tombera , comme un vieux mur cimenté d'argile cède
en pouffière au boulet qui le frappe. Que le lecteur le
médite avec réflexion ; qu'il compare les Drames de ce
Souverain génie avec nos meilleures Tragédies-Fran-

dreſſe qu'à vous, & il n'y a que vous (47) qui puiſſiez bien l'entendre), rompez, rompez le taliſman qui vous enchaîneroit à des formes uſitées, qui corromproit en vous le germe diſtinctif que la Nature vous a donné, qui vous aſſerviroit à une maniere qui ne ſçauroit être la vôtre. Que la ſéve de votre génie circule à votre gré; ſoyez libres & audacieux; l'étincelle qui dort en notre ſein ne jaillit point, lorſqu'on s'obſtine à frapper un endroit étranger. Pourrez-vous jamais devenir ce qu'un autre a été? Non: chaque Être a ſon cachet particulier; & ſe métamorphoſer, c'eſt s'anéantir; ne craignez point d'être taxés de ſingularité: ce qui eſt regardé aujourd'hui par la foule profane comme un ſacrilège, deviendra demain l'objet de ſa vénération. C'eſt à vous de pénétrer cette maſſe inactive d'hommes qui attendent des idées, & de jeter

---

çoiſe, il appercevra combien ce ſervile eſprit d'imitation a égaré le talent; & ſi, après cette lecture & cette comparaiſon, il n'eſt pas de notre avis nous lui dirons: *Quid prodeſt gregis illius ſententia?*

(47) Les préjugés durciſſent avec la tête qui les enferme: l'habitude leur fait contracter une ténacité que rien ne peut vaincre. Il eſt inutile d'expoſer des raiſonnemens à un vieillard; il ne les entend pas, il ne peut plus les entendre. C'eſt une des meilleures obſervations d'Helvétius, lorſqu'il dit que *les nouveautés utiles & que la réformation des vieilles erreurs appartiennent de droit aux*

au milieu d'elle le levain de la penfée. Malgré eux, malgré les tyrans de la république des Lettres, malgé ces forçats de la Littérature (dits Journaliftes) qui, d'une main égale & pefante, tracent toujours fur le papier le même fillon, & labourent éternellement le champ des mêmes fottifes, vous verrez l'élan de votre génie animer le troupeau rebelle : le joug de la fervitude fera brifé, & ces mêmes idées, fi dédaigneufement rejetées, deviendront un jour des loix, que, par un nouvel aveuglement, on oppofera dans la fuite aux hommes de génie, qui par une nouvelle audace viendront encore les modifier; car où s'arrête la perfectibilité de l'efprit humain ? & que ne peut-il pas ajouter à l'Art infini qui peint toutes les paffions, toutes les vertus & tous les mouvemens de l'âme (48) ?

---

jeunes gens. Auffi dès qu'un homme approche de cinquanre-cinq ans, quelque matière qu'il traite, je paroîs être de fon avis, & je me garde bien de difputer inutilement avec lui. C'eft à la génération qui va naître, & non à celle qui tombe, que tout Ecrivain Philofophe doit fe montrer jaloux de parler.

(48) Comment un Ecrivain eft-il utile ? En faifant paffer dans l'âme d'autrui les fenfations exquifes qu'il a reçues, lorfqu'il contemploit les beautés de la nature, beautés piofondes, fouvent cachées & qu'il rend perceptibles à l'œil de l'entendement. Il a été ému & il émeut; il a pleuré dans le filence du cabinet, & il fait répan-

SECONDE PARTIE.

La manie ignorante & superstitieuse de plusieurs Gens-de-Lettres en France qui croient qu'il n'existe au monde que leur théâtre (49), & que les formes qu'il a reçues , sont les meilleures possibles, mérite d'être encore combattue d'une maniere victorieuse; c'est-à-dire, par les lumières du raisonnement & du bon-sens offusqué le plus souvent par l'habitude & les préjugés.

Il y a long-tems qu'il nous est démontré que les règles d'unité , de tems & de lieu , sont les deux rè-

dre de précieuses larmes. *Beaux Arts* , (a dit Voltaire) *vous êtes des plaisirs.* Emouvoir , éclairer , persuader , agir directement sur le cœur de l'homme ; le pénétrer, le remplir de sentimens vifs & profonds: tel est l'Art de l'Ecrivain. A chaque regard qu'il laisse tomber sur les objets , un trait de lumière naît dans sa pensée , ou un trait de flamme embrâse son cœur. Il voit différemment des autres hommes, qui n'apperçoivent guères dans l'objet que sa surface ; il leur apprend à voir, & à sentir d'une maniere plus vraie & plus profonde.

(49) Quel est donc , après tout , le genre tant exalté de Corneille & de Moliere , de mettre sur la Scène l'un des Rois, pour enfler leur orgueil & leur pouvoir; & l'autre, des Citoyens, pour se moquer d'eux. Que plus sage & plus heureux sera le Poète qui nous offrira le tableau touchant de nos devoirs, & qui n'excitera que le rire que la morale avoue !

gles les plus abſurdes qu'un peuple pût adopter & ſuivre. En vain les Grecs en ont donné l'é-
xemple ; leurs Tragédies , remarquables par le naturel qui y règne , ſont abſolument vuides d'action ;
elles ne tiennent qu'à deux ou trois familles ; roulent ſur les mêmes intérets ; ont le même but , re-
tentiſſent perpétuellement du dogme de la fatalité ,
& ſont plutôt l'ébauche de l'Art, que l'Art aggran-
di & perfectionné. Les Poètes François , en tra-
duiſant ces Poètes d'une maniere tout à la fois im-
parfaite & ſervile ; en ſuivant ces règles deſtructives
de la vraiſemblance & du véritable intérét ; ces règles ennemies des grands tableaux & des mouvemens libres, ont défiguré l'hiſtoire & la majeſté des
évènemens , ont mutilé les caractères , ont fait une
charge petite & groteſque des plus beaux ſujets
qu'ils ont traités. Preſque toutes nos Tragédies , ſemblables aux Romans de la Calprenède , ſont d'un
ridicule achevé , ou plutôt nous n'avons qu'une ſeule
Tragédie, c'eſt à-dire , un même moule , un même
ton , une même marche ; & jamais l'eſprit humain ,
chez aucun peuple , n'a rien produit de ſi faſtidieux
par la répétition monotone & uniforme des memes
reſſources. Il y a ſur notre théâtre des ſcènes bien
faites , des dialogues aſſez pleins ; mais le génie qui
diſpoſe l'enſemble, qui peint à grands traits , qui
ſaiſit les détails caractériſtiques, qui rend vivans les
perſonnages , qui fait un tableau ſimple , varié &

majeſtueux, modelé ſur des évènemens; ce génie a
totalement manqué à nos Poëtes, qui ont cru que
l'Art conſiſtoit à faire de magnifiques tirades & à
écrire en beaux vers. Tous ſe ſont empriſonnés volontairement dans des entraves, & c'étoit à qui
rapetiſſeroit le théâtre, au-lieu de l'élargir & de l'é-
tendre. La ſource du pathétique & de l'intérêt s'eſt
donc fermée ; & la multitude, plus éclairée que la
portion pédanteſque des Gens-de-Lettres, a détour-
né les yeux de ce genre factice : elle a bâillé en l'é-
coutant (50).

Ce langage ſi nouveau pour les têtes à préjugés
& concentrées dans les liens de l'habitude, nous
l'avons fait retentir plus d'une fois: parce que l'Homme-de-Lettres qui ſent ſon emploi, eſt de toutes les

---

(50) La Pièce la plus artificielle eſt même toujours
la plus mauvaiſe. La plus hazardée, par comparaiſon,
offriroit néceſſairement quelques beautés neuves. Que
l'on ne craigne point que l'on puiſſe imiter trop fidèlement la Nature ; ce qui nous déplaît même dans la Nature, plaît beaucoup dans une copie fidelle en tant qu'i-
mitation. Eſt-ce qu'on ne fait pas entrer un tableau de
Greuze dans ſon cabinet ? Il eſt vrai que l'on congédie
le perſonnage original du tableau ; mais la copie n'en
trouve pas moins accès & domicile chez le curieux. L'Auteur ne hauſſe ni ne baiſſe, pour peindre un Monarque
ou un pâtre ; tranſportés ſur la toile, ils ſont les mêmes
& égaux devant le Peintre: l'œil ne ſera point cho-

Nations, & qu'il met préalablement fa gloire dans
les productions de l'efprit humain, & non dans
celles d'un pays livré plus que tout autre à l'imitation, & entêté de ces puérilités paffagères qu'il
honore du nom de goût. Ce langage (nous ne le
diffimulons point) a paru fingulier & téméraire.
Il n'eft cependant que l'expreffion fidelle de ce que
penfent tous les étrangers de notre Tragédie, dont
le ridicule faute aux yeux, dès qu'on eft forti de
l'atmofphère littéraire qui commande l'éloge fans
examen. Ce Dieu de la nation, ce Poète que le
peuple des vérfificateurs encenfe, parce que chacun
d'eux afpire fecrettement & fent qu'il peut afpirer à
fa manière non inventive ; Racine eft bien en particulier le Poète Dramatique fans génie & fans caractère, confidéré, non comme Ecrivain, mais
comme Peintre des évènemens des hommes & des

---

qué de les voir côte à côte au fallon. Demandez au premier Artifte, s'il faut plus d'efforts pour mettre fur la
toile un habit doré, qu'un habit de burre. Il vous ré-
pondra que la reffemblance eft tout, que le manteau
Royal & la groffe chemife font voifins fur la palette, à
un pouce de diftance : ainfi le rochet du bon Jean Hen-
nuyer, & le bonnet rouge du bon Dominique pere,
Vinaigrier, n'ont pas plus coûté l'un que l'autre à repréfenter ; ils font également nobles aux yeux de l'Art : l'Art
eft indifférent à plus ou moins de dorure. Il doit rendre
fidèlement ce qu'il veut peindre, & rien de plus.

paſſions; il n'a rien au deſſus de Pradon, que d'écrire mieux que lui; c'eſt le même homme quant au plan, quant aux caraĉtères, quant à la maniere de choiſir & de diſpoſer ſes ſujets; il en fit l'aveu lui-même & l'on diroit qu'il s'eſt bien connu. Si l'on excepte le rôle de Phèdre, il a gâté les Tragédies Grecques qu'il a copiées; il a efféminé l'Art, il a mis des Madrigaux à la place de l'éloquence, & ſes plans, plus ou moins rétrécis, n'offrent qu'un patron immuable, empreinte fidelle de la ſtérilité de ſon imagination & de la petiteſſe de ſes vues. Il a donné à la langue Françoiſe une grâce & une ſoupleſſe particulières, une harmonie ſans exemple; mais il a tué l'Art, & s'il n'a point fait un pas depuis lui, c'eſt à l'imbécile adoration qu'on a pour cet élégant Ecrivain, qu'il faut s'en prendre aujourd'hui. Il faut oublier ſes formes menſongères & rétrécies, ſi l'on veut avoir un théâtre digne des regards du Philoſophe & du peuple.   .

Il eſt tems de briſer le Taliſman qui nous fait voir la perfeĉtion dans un Auteur uniquement doué d'un ſtyle magique, tandis que nous oublions la multitude des perſonnages à faces caraĉtériſées qui ſont demeurés pour lui dans l'ombre & le néant. Seroit-il inſenſé de nous recommander de lire & d'imiter Shakeſpear, quand ce ne ſeroit que pour examiner comme il modifie ſes plans, quelle étendue il donne à l'action, comme il la rend vraiſem-

blable par une marche fimple & philofophique ? Si
nous ne lifons que Racine, nous aurons les pièces
que nous avons eues depuis trente ans ; mais avec
de l'audace, ou plutôt avec du bon-fens, nous fe-
rons main-baffe fur ces règles defféchantes qui cap-
tivent & anéantiffent le génie, qui font difparoître
la vérité, qui fubftituent une couleur factice, au tableau libre & animé de la Nature. Shakefpear nous
dit d'une manière bien perfuafive que le Poète eft
maître de modifier à fon gré l'action qui doit fe paffer, foit en plufieurs jours, foit en plufieurs lieux ;
que la vraifemblance alors y gagnera, & que l'intérêt, fans être plus divifé, fera plus étendu. Que le
Poète frappe donc de mépris ou de dédain ces prétendus Légiflateurs qui n'ont jamais touché à l'Art, ces
Ecrivains didactiques qui ont tracé une théorie qu'ils
n'ont pas même imaginée ; & que nous veulent dire
Ariftote, Horace, Boileau ? Comment peuvent-ils
préfider à des compofitions qu'ils n'ont point foup-
çonnées ; comment peuvent-ils diriger le pinçeau
qui va tracer ce qu'ils n'ont point vu, qui va faire
éclorre ce qui étoit loin d'eux, qui va repréfenter
des évènemens & des hommes nouveaux ? Shakefpear fera le Poète immortel, parce qu'il a vu l'Art
dans fes dimenfions véritables, & tous ces ferviles
adorateurs d'entraves fauffes & imaginaires ont vécu
à peine un fiècle, & paroîtront petits & mefquins à
mefure que le tems fixera les yeux fur leurs ouvra-

ges : car nous pouvons affurer avec une efpèce de
certitude que dans deux-cents ans il ne reftera à Racine que de beaux vers. Ou l'art va s'anéantir totalement, ou il fe régénerera d'une maniere grande &
nouvelle. Qui a peint les remords fous les plus terribles couleurs? Ce n'eft point Crébillon dans Rhada-
mifte , malgré ces deux beaux vers :

> Je fens que le remords d'un cœur né vertueux,
> Souvent, pour le punir, va plus loin que les Dieux.

C'eft Shakefpear , qui dans Hamlet a tracé un tableau de la plus grande énergie. L'ufurpateur, parri-
cide & inceftueux à la fois , eft parvenu au trône par
l'empoifonnement de fon frère. Il n'a point tremblé
d'époufer fa femme. Tranquile dans le crime, il affif-
te un jour à la repréfentation d'une Tragédie, à côté
de cette miférable Princeffe, qui a partagé fon forfait. Les Comédiens repréfentent leur Hiftoire , que
les coupables croient ignorée de l'Univers; la furprife , l'épouvante faififfent le Roi & la Reine; à
chaque trait ils oublient l'intérêt qu'ils ont de diffimuler, ils ne peuvent foutenir l'image de leur forfait,
ils troublent le fpectacle par leurs cris, & fortent
impétueufement pour fe dérober à l'affreux tableau
dont les impreffions les écrâfent. Tourmentés de remords, ils fentent qu'ils ne font point de vaines illu-
fions que l'on diffipe à fon gré.

Qu'on rapproche le Jules Céfar de Shakefpear de

celui de Voltaire; d'un côté l'on voit le Peintre, & de l'autre la main tremblante & timide, nivelant des mots harmonieux & qui tombent en cadence. On voit en oppoſition la Muſe libre & la Muſe entravée; l'une toute entière à ſon ſujet, l'autre attentive à ce que dira le parterre : les perſonnages des Tragédies Françoiſes ſont obligés de parler pour ſe faire connoître; dès que les perſonnages de Shakeſpear paroiſſent, ils s'expriment ſans dire mot.

Nous tirerons hardiment la conſéquence des raiſonnemens auxquels on n'a point répondu ; c'eſt qu'il faut en France recompoſer l'Art, & ne plus citer Corneille, ni Racine; il faut fouler aux pieds ces pitoyables règles (51) qui outragent le bon-ſens, qui

---

(51) **La règle des cinq actes notamment, quelquefois ſi judicieuſement bravée, ſuffit alors pour ſcandaliſer les eſprits accoutumés à compter les actes par leurs doigts ; & nous ne doutons point que ce ne ſoit là une raiſon puiſſante pour tout Littérateur ſcrupuleuſement attaché au *bon goût*, & craignant d'intervertir l'uſage reſpecté. Ces ſages Calculateurs ont frémi de l'innovation, comme s'il y avoit un fondement à cette prétendue règle, qui fixe le nombre des actes ; comme s'il n'étoit pas permis à chaque Auteur de modifier ſa pièce d'après l'étendue de l'action ; comme ſi cinq repos étoient plus extraordinaires que quatre ; comme ſi jamais les Grecs, nos véritables maîtres, avoient connu cette diviſion qui gêne l'eſſor du talent & la hardieſſe du génie ; comme s'il n'étoit pas ridicule de voir l'Elégie de Be-**

font un parloir de la fcène , & fatiguent plus l'i-
magination dans le point où on la concentre , que fi
on lui laiffoit fon vôl étendu & rapide ; elle fuffit feule
à rapprocher les objets , à fe tranfporter aux lieux

---

rénice (à l'aide du Roi de Commagène) s'allonger
dans la fimplicité de fon fujet au niveaú de la Tragédie d'Iphigénie en Aulide , qui , par la multiplicité de
fes perfonnages , demande un champ vafte ; comme fi
Horace avoit pu faire loi avec fon feul vers , & préfider , du tems d'Augufte , à la ftructure d'une pièce Françoife ; comme fi une mefure fcrupuleufe pouvoit embraffer la prodigieufe diverfité d'évènemens fufceptibles
d'être mis fur la fçène , & affujettir à la même texture
des fujets auffi variés ; comme fi un ufage enfin étoit une
raifon , & que le defpotifme des idées eût d'autre empire réel dans la république des Lettres que notre timidité. Telle action ne veut qu'un feul acte , telle autre
peut exiger fept, huit & neuf repos. Il faut que le Poète,
pour faire valoir toutes les beautés de fon fujet , foit abfolument libre dans la forme qu'il voudra lui imprimer.
C'eft la vérité de l'action qui doit lui commander avant
toute Poètique. Et tous ces ineptes faifeurs de règles ne
reffemblent pas mal à ces fots préfomptueux , qui , du
fond d'un cabinet , l'œil fur la carte , veulent à trois-cents
lieues du terrein , ordonner le mouvement d'une bataille , & qui fe confolent volontiers de ce que le Général eft battu , pourvu qu'il le foit du moins méthodi-
quement , c'eft-à-dire, d'après leur plan.

Ces préceptes dictés par la pure fantaifie , & tracés par
des hommes qui , pour la plupart , n'ont jamais fu

où le Poète l'appellera ; à lier toutes les parties d'un grand évènement qu'elle peut embraffer fans peine & fans effort.

Il ne s'agit donc point, en lifant Shakefpear, de l'imiter ; mais de modeler en grand à fon exemple, & d'être attentif aux détails néceffaires qui amènent par gradation la vérité, & font jaillir tous fes rayons. Loin que toutes pièces doivent être foumifes aux mê-mes règles ; il faut que chaque pièce ait fa marche particulière & différente, & s'écarte de toute autre ; il faut que fes formes varient felon les évènemens : & deux faits exactement femblables fe font-ils jamais repréfentés dans l'Océan immenfe de l'Hiftoire ? Et pourquoi vouloir donc affervir ces mêmes faits & les dénaturer pour obéir à la loi d'Ariftote, à l'hé-miftiche d'Horace, à la pédanterie de Boileau.

Il flotte enfin dans les airs le drapeau de la guerre

écrire une feule fcène, ne méritent que le dédain ; & fi nos Poètes Dramatiques s'y font religieufement aftreints, ils en ont été punis, par la perte de plufieurs beautés précieufes, auxquelles ils ont renoncé volontairement. Un feul & même moule a frappé leurs productions, à un coin toujours femblable ; & l'uniformité n'a fait, pour ainfi dire, qu'une Tragédie, de toutes nos Tragé-dies Françoifes. C'eft ce que l'étranger connoît au pre-mier coup d'œil qu'il jette fur notre Théâtre ; & tandis que nous nous applaudiffons de richeffes imaginaires, il fourit de notre indigence réelle.

Littéraire qui s'élève & qui ne finira qu'après la deſtruction de nos formes théâtrales ; il faut que la raiſon chaſſe bien-tôt les timides & ſots partiſans de la routine & de l'extravagance qui rempliſſent depuis long-tems nos pièces Dramatiques. Les vérſificateurs auront beau défendre leurs rimes, leur hémiſtiches & leurs hûrlemens tragiques ; ils auront beau dire que c'eſt-là l'Art, puiſqu'ils ne ſçavent point faire autrement ; on expulſera ces avortons, bouffis de mots, & il ne ſera pas en eux de dérober à la génération préſente, ou à celle qui doit naître, le flambeau qui va étinceller de toutes parts & montrer la difformité burleſque de nos Tragédies uniformes & factices. Encore un peu de tems, & la révolution heureuſe qui s'eſt faite parmi nous dans la muſique, s'opérera dans la Littérature : & malgré les phrâſes des Journaliſtes, les cris aigus & plaintifs des *Gens de goût*, & les arrêts des Académies, la Philoſophie qui a détruit tant d'opinions fauſſes, qui retardoient le progrès des Sciences & des Arts, établira ſur notre théâtre une innovation ſalutaire, qui tournera au profit de la vérité, du génie, des mœurs & des plaiſirs de la Nation.

C'eſt ce que ſemblent nous promettre les idées nouvelles, & ce que réaliſeront ſans doute quelques Ecrivains, qui, dans l'âge heureux où l'on ſecoue les préjugés, ſauront penſer d'après eux-mêmes, & écrire d'après leur âme. Le reſte, entiché de notions

fauſſes

fauffes, eft perdu pour l'Art : & le figne de réprobation eft déja empreint dans leurs faftidieux écrits ; ils murmureront, ou plutôt ils frémiront avec le défefpoir fecret qui fuit la confcience de l'erreur, & le regret d'avoir pris une fauffe route : mais c'eft à ceux qui ont une âme neuve à fe préfever du précipice ; & au-lieu de répéter des platitudes, ou les inepties de leurs devanciers, à s'ouvrir une carrière nouvelle, où l'on marche toujours avec fuccès, quand on s'y élance avec l'audace & le courage.

Mais, j'entends crier autour de moi : les Grecs, les Grecs !.. Eh bien ! les Grecs ! Ils avoient leurs pièces faites pour eux & relatives à la fimplicité de leur hiftoire. Pourquoi aller choifir nos Tragédies dans le coftume antique ? D'ailleurs, en lifant les lambeaux qui nous reftent de ces tems reculés, il n'y a lieu à d'autre étonnement qu'à celui que caufe la prodigieufe différence des manières anciennes & des nôtres ; & comment peut nous convenir ce fabuleux empreint dans les veftiges de l'antiquité ? Ne voit-on pas le fceau de la barbarie dans cet empreffement à faire un Dieu de tout homme un peu extraordinaire ? L'efprit étoit encore brute & groffier, quand il a créé tous ces demi - Dieux, qui par leur nombre ont donné à la Nature un air fantaftique. Que peuvent nous dire aujourd'hui ces fictions ? Et à quoi nous fert l'hiftoire du caractère, des coutumes de telle Nation enfoncée dans la nuit des tems,

I

fi on la confidere fur-tout par rapport à notre théâtre.

La réponfe eft bien fimple; c'eft qu'il a été plus facile de copier le théâtre ancien que d'en créer un relatif à nos mœurs. C'eft qu'on a voulu être récompenfé des peines que coûte l'étude d'une langue ancienne par l'admiration indéfinie qu'on a exigée des profanes qui ne l'entendent point. C'eft qu'on a crié miracle avec cet enthoufiafme outré qui tombe enfin dans le piége qu'il a préparé aux autres. C'eft que le pédantifme a toujours pris le manteau de l'antiquité pour mieux cacher fa fottife & fa nudité réelle. C'eft que le charlatanifme enfin s'eft gliffé jufques dans la Littérature, & qu'un menfonge bien impudent, fait au nom du Grec, a paru d'autant plus facile à avancer qu'on rifquoit moins de recevoir un démenti. Quiconque a dit, j'entends *Efchyle & Pindare*, en a été cru fur fa parole.

Eh! que nous importe ce fiècle d'Homère fi vanté! ce fiècle eft effacé, il ne peut plus être pour nous que l'objet d'une ftérile curiofité. Quoi! l'on viendra nous repréfenter, à Paris, la phyfionomie de Héros qui ne nous intéreffent plus, qui nous font étrangers, qui n'appartiennent ni à nos mœurs, ni à nos ufages, ni à notre gouvernement! on voudra les faire monter fur la fcène françoife; &, loin de les faire paroître du moins comme les *Sophocle* & les *Euripide* les ont peints; tout en prodiguant à ces Drames le nom de chef-d'œuvres, on les mutilera, on les défigurera (52), on leur ôtera le plus grand intérêt qu'ils pouvoient avoir, l'image fidelle & précise de la simple & naïve antiquité ! On mêlera des convenances modernes à ces mœurs anciennes que l'on voudroit voir une bonne fois dans toute leur intégrité ! on fera du tout un composé bisarre, qu'on

---

(52) Quelquefois un Auteur Tragique (ou soi-disant tel) prend, sans façon, deux ou trois pièces Grecques pour en composer une à sa fantaisie, sans avoir recours à la pénible invention ; il abbat une tête qui lui déplaît, pour en coller une autre sur le tronc de tel personnage ; il brouille les parentés des descendans d'Atrée & d'Œdipe, sans craindre l'animadversion de ces pauvres Princes décèdés. Il lui est aussi fort indifférent de traiter un sujet Anglois, Allemand, ou Tartaro-Chinois ; & comme il ne daigne jamais lire son original, ni l'histoire du tems, il ne veut que le titre ; c'est une espèce d'enseigne qui lui sert à débiter hardiment sa composition étrange. Que voit-on aussi ? Un assemblage forcé de plusieurs personnages qui ne se sont jamais vus ; & des scènes où se trouvent des morceaux épars dans divers Poètes, rassemblés & cousus ensemble. La Pièce ne peut manquer d'être fort étrangère au sujet : qu'importe ? Le titre est noir & sanglant. Voilà un successeur de Crébillon ; cela est divisé en cinq Actes, & de plus, il y a un rôle fait exprès pour chaque Acteur dominant. On affiche le monstre, sous le nom de *Tragédie.* Le monstre passe ; & pourquoi ne passeroit-il pas, après tout ce qui, dans ce singulier genre, a passé depuis cent ans ?

appellera Tragédie ; ce qui fignifioit autrefois *le chant du bouc* , & ce qui eft parmi nous le fceau de l'imitation la plus fervile , la plus faite pour exciter la pitié du Philofophe , qui , au nom de fes conci‑ toyens, réclame en vain fur notre théâtre une inf‑ truction publique & utile , applicable aux évènemens actuels !

Que diroit‑on d'un ftatuaire qui , découvrant une ftatue de Praxitele , au‑lieu d'en refpecter tous les traits , la limeroit des pieds à la tête pour donner à cette figure grecque une taille élégante & françoife , & corriger fes prétendus défauts? Voilà ce qu'ont fait les Poètes qui n'ont point fçu tracer ou imagi‑ ner des pièces nationales. Ils ont été copiftes , parce que cela eft beaucoup plus aifé que d'inventer une action ; mais en copiant ils auroient dû tout traduire & ne point francifer des perfonnages anciens , re‑ commandables du moins par leur caractère & qui avoient déja reçu leur exiftence. Nous aurions eu du moins un théâtre Grec ; au‑lieu que le nôtre n'eft ni Grec , ni François. C'eft une efpèce de métis.

Et que fignifie enfuite cet étalage de Rois, tous agif‑ fant & parlant de même , n'ayant aucune phyfiono‑ mie diftincte; dont, pour plus grande commodité, on a fait des defpotes altiers, environnés de gardes obéif‑ fans , comme s'il n'y avoit au monde que cette forme afiatique, fans doute, parce que c'eft encore là la plus aifée à produire fur la fcène : *Hola , gardes* ! Comme le Poète eſt content, quand il peut placer à propos ces mots ronflans ! Il eſt vraiment plaiſant de voir ces conſpirations d'écoliers, d'entendre ces confidens adroits, de prêter l'oreille aux conjurés qui apprê- tent le poignard ou la coupe empoiſonnée ! Les per- ſonnages ſont ſi bien calqués les uns ſur les autres, que tel acteur fait indifféremment les rôles de Rois ; leur âge, leur caractère, leur politique, ainſi que leurs habits, tout eſt circonſcrit d'avance. Auſſi pour un œil bien attentif, toujours c'eſt la même Tragédie ; car toutes ces pièces ont à-peu-près la même marche, la même diviſion, la même éten- due, le même dénouement, le même ſtyle, & ſur- tout la même invraiſemblance. Le goût françois eſt ſi exquis, ſi exact, ſi pur, ſi ſage, ſi obſervateur des règles, ſi ennemi de l'audace & de la témérité qui égare la Jeuneſſe, qu'il ne pouvoit pas manquer de leur imprimer à toutes un air de famille ; c'eſt ainſi que dans une Communauté bien règlée, toutes les jeunes Nones uniformement vétues, & ne différant entr'elles que par un peu plus ou moins de hauteur, paroiſſent à l'œil ſatisfait un cercle de ſœurs.

Le célèbre Naturaliſte qui a banni de l'Hiſtoire Naturelle cet amas d'erreurs & de préjugés qui ob- ſcurciſſoient ſa face majeſtueuſe (53), n'a fait que

---

(53) Voyez le Diſcours de M. de Buffon, lors de la réception de M. le Maréchal Duc de Duras à l'Acadé-

jeter un coup-d'œil en paffant fur notre Tragédie ,
& il ên a démêlé en un inftant le faux , le bifarre & le
ton menfonger. Que feroit-ce fi fon regard eut pénétré ces enveloppes groffières qui furchargent &
défigurent le plus libre des Arts, & qui l'ont affujetti
à une contrainte monotone & deftructive de tout
effor ? Nous avons vu avec une joie fecrette fes idées
mâles confirmer les nôtres. Enhardis par la voix
d'un Philofophe qui connoît l'homme , la Nature &
fes vrais rapports , nous ne craindrons plus défor-
mais de heurter les petits préjugés qui parmi nous
arrêtent à chaque pas le fentiment & la penfée.
Nous dirons qu'on a fait en France tout le contraire
de ce qu'il falloit faire ; que le théâtre eft à rebâtir
au moral comme au phyfique ; & que ce ne font plus
les livres & les Académies qu'il faut confulter , mais
la Nature & les hommes.

Quoi ! nous fommes au milieu de l'Europe , fcène
vafte & impofante des évènemens les plus variés &
les plus étonnans , & nous n'aurions pas un Art Dramatique à nous ! & nous ne pourrions compofer fans

---

mie Françoife : tous les vifages Grecs ont pâli de furprife , ont frémi de fes idées Philofophiques ; mais comme
on n'ôfe pas tout-à-fait l'appeler *un infenfé* , on garde cette
ingénieufe épithète pour quelqu'un qui a produit , il y
a longtems , les mêmes penfées , mais qui n'a point la
même réputation.

le fecours des Grecs , des Romains , de Babyloniens, des Thraces, &c. nous irions chercher un Agamemnon, un Œdipe, un Orefte,&c Nous avons découvert l'Amérique , & cette découverte fubite a créé mille nouveaux rapports ; nous avons l'Imprimerie, la poudre à Canon , les Poftes, la Bouffole , &c. & avec les idées nouvelles & fécondes qui en réfultent, nous n'aurions pas un Art Dramatique à nous ! Nous fommes environnés de toutes les Sciences , de tous les Arts , miracles multipliés de l'induftrie humaine ; nous habitons une capitale peuplée de huit-cent-mille âmes , où la prodigieufe inégalité des fortunes , la variété des états , des opinions , des caractères , forment les contraftes les plus énergiques ; & tandis que mille perfonnages nous environnent avec leurs traits caractériftiques, appellent la chaleur de nos pinceaux & nous commandent la vérité , nous quitterions aveuglément une Nature vivante , où tous les mufcles font enflés , faillans, pleins de vie & d'expreffion , pour aller deffiner un cadavre Grec ou Romain , colorer fes joues livides, habiller fes membres froids , le dreffer fur fes pieds tout chancelant , & imprimer à cet œil terne , à cette langue glacée , à ces bras roidis , le regard , l'idiôme & les geftes qui font de convenance fur les planches de nos tréteaux ! Si ce n'eft point-là la plus monftrueufe des farces , c'eft affurément la plus ridicule ; ou plu-

I 4

tôt, c'eſt l'oubli le plus coupable des plaiſirs de nos nombreux concitoyens & des tableaux vivans & inſtructifs qu'ils demandent ; car notre ſpectacle, tel qu'il eſt, n'eſt fabriqué aujourd'hui que pour deux ou trois-mille auditeurs.

Si la franchiſe avec laquelle nous expoſons nos idées, nous attire les anathêmes de la foule ſcholaſtique qui proſcrit ſavamment tout ce qui eſt nouveau pour elle ; anathêmes ſingulièrement redoutables, & que notre imprudence n'a point ſçu prévoir, nous conſentirons, puiſqu'il le faut, à nous voir déclarer *hérétiques & oppoſés à la ſaine doctrine.* Ceux qui la ſuivent font, comme on ſait, les progrès les plus marqués dans la carrière de l'invention, & le génie marche fidèlement ſur les traces de leur goût. Mais, nous qui *tendons à rétrograder dans les ombres de la barbarie* (54) en voyant de loin le vôl de ces enfans de lumière, nous leur dirons : eh ! mes amis, que chacun de nous aille de ſon côté. *L'empire de l'opinion n'eſt-il pas aſſez vaſte pour que chacun puiſſe y habiter en repos* (55).

Mais les barbares ne ſeroient-ils pas plutôt ceux

---

(54) Expreſſions dont le Journaliſte s'eſt ſervi contre nous.

(55) Idée noble, où l'on reconnoîtra ſans peine l'expreſſion & la penſée de M. de Buffon.

qui rejettent un Ecrivain qu'ils n'ont point lu, qu'ils
n'entendent pas, & qu'ils ne veulent pas entendre;
qui fe moquent d'une Nation éclairée, conftante
dans fon admiration juftifiée par le fuffrage unanime de tous les grands-hommes, Juges compé-
tens de l'Art & de fes effets? C'eft néanmoins ce
qu'on a fait en France à l'égard de hakefpear, de
Lopès de Vega, de Calderon; & il faut avouer
que l'effronterie n'a jamais été pouffée fi loin; il
n'y avoit que l'ignorance qui pût rendre des arrêts
auffi ineptes : mais comme elle ne fçait point rougir
de fes excès, elle ne voit plus le mépris qui ac-
compagne fes infignes témérités.

Qu'une Nation foit idolâtre des Poètes dont elle
fe glorifie ; que, payant les plaifirs qu'elle reçoit
d'eux, elle leur prodigue l'admiration la plus ex-
ceffive ; qu'elle furfaffe leur mérite par le fentiment
de la reconnoiffance ; qu'elle les préfere enfin à tout
ce qui exifte dans fon fein ; l'Hiftoire de cette
Nation n'eft, au fond, que l'Hiftoire de tel homme qui exalte néceffairement fes productions
au-deffus de toutes les autres, parce que l'amour-
propre le lui ordonne, & que l'on obéit fidèlement
à l'amour-propre. Mais que cette même Nation,
quand on lui parle d'un Ecrivain étranger, prononce
hardiment fur fon mérite, fans en avoir une idée un
peu jufte; qu'elle rejette avec dédain tout ce qui

n'eſt pas dans ſa manière, ſous prétexte qu'elle poſ-
ſede elle ſeule le *goût excluſif*; qu'elle s'aveugle
ainſi volontairement & lance les traits du ridicule
ſur un Poète conſtamment admiré & chez un peuple dont on reconnoit l'élévation & l'énergie des
ſentimens ; qu'elle ne ſe donne pas la peine de ſoup-
çonner que l'Art eſt ſuſceptible d'une autre forme,
& qu'en l'adoptant on pourroit y gagner , au-lieu d'y
perdre ; cette prévention nationale touche de bien
près à l'injuſtice, & l'on feroit en droit de taxer *d'en-
gouement* ce refus ſuperbe de lire & d'examiner.

Qui a élevé ces barrieres entre les Poètes Dramatiques de deux Nations voiſines ? Il eſt vrai qu'ils
ne ſe reſſemblent en aucune manière : mais cette
ſeule idée auroit dû faire entrevoir qu'il n'apparte-
noit pas à l'une de décider ſur le goût de l'autre.
Vainement s'imagineroit-on que la gloire d'un Poète
tient à la gloire de la Nation ; l'intérêt de la Littérature ne connoît pas le cercle étroit des Royaumes ;
ſes tréſors diſperſés ne ſont-ils pas également la gloire
de l'eſprit humain ; il s'enorgueillit d'Homère comme de Milton , & les hommes de génie épars ſur le
globe à de grands intervalles , ſont tous compatrio-
tes , puiſque leurs noms , malgré la diſtance des ſiècles , ſe trouvent réunis dans nos bouches ; il faut
donc abandonner cette foible reſſource de décrier
ce qui n'eſt pas né parmi nous, dans la crainte de rou-

gir tôt ou tard d'une aveugle partialité qui déshono-
reroit à la fin le peuple qui s'y livreroit (56).

On ne peut se dissimuler que la Nation Françoise,
habile à verser le ridicule & à l'adopter pour raison
souveraine, a fait tomber sur Shakespear les traits
légers & téméraires qui caractérisent ses jugemens
précipités : (57) mais ce grand Poète, loin d'être
jugé, n'a pas encore été lu ; *adhùc sub judice lis
est.* Toutes les pièces du procès ont été généreuse-
ment falsifiées en France ; le jour de la vérité, pour

---

(56) On a été jusqu'à dire que ceux qui admiroient
Milton & Shakespear, étoient de *mauvais citoyens, ennemis
de la Nation, détracteurs de la France*, tandis qu'on n'a jamais songé à faire le moindre reproche aux Académiciens & aux Gens-de-Lettres, qui ont mis & qui mettent Euripide & Sophocle au-dessus de tous nos Tragiques. Quand on n'a point de bonnes raisons à donner,
on hazarde des extravagances puériles : aurions-nous besoin de dire que l'Homme-de-Lettres est contemporain
de Plutarque & de Tacite, qu'il met sa gloire dans la
hauteur de l'esprit humain, & qu'il n'est pas nécessaire,
pour bien faire la guerre à un peuple, de combattre
Addisson, Pope & Milton.

(57) Shakespear (a dit quelqu'un fait pour le juger)
n'a pas plus frappé nos esprits étroits, que la Musique
de Pergoleze ne frappe l'oreille d'un sourd. Doit on s'en
étonner ? Ce grand Poète avoit trop de génie pour eux.
Son imagination juste & vraie dans son vôl immense
embrasse tous les âges & saisit les hommes de tous les

être tardif, ne s'en lèvera pas moins ; & qui sçait si nous ne dirons point alors que l'Art Dramatique a été parmi nous aussi peu connu que son véritable maître ; cet aveu ne devra point coûter à ceux qui

---

lieux. Ses tableaux offrent la largeur & la maniere libre de la Nature elle-même. Il la suit toujours & ne manque jamais de la saisir. Il en a toute la variété & la fécondité. Quel avantage pour la scène Angloise d'avoir eu cet homme extraordinaire pour Fondateur ! Il l'a débarassée des entraves que l'antiquité avoit consacrées ; il a élargi ses loix en faveur de ceux qui, après lui, entreront dans la carrière. L'Anglois lui doit sans contredit la supériorité réelle de ses Tragédies sur celles que l'on a faites en France. Les pièces de ce genre n'y sont guères que des Romans dialogués en très-beaux vers ; mais dont l'action, froide & uniforme, glace & ennuie. La conduite, en général, est toujours monotone & assimilée. Peut-être la Nation s'appercevra de ce défaut, si jamais un fantôme qu'elle adore sous le nom de goût, vient à être dépouillé de son importance factice. Elle affecte du mépris pour tout ce qui ne vient pas de son crû Littéraire ; & ses beaux-esprits ont jugé à propos d'ordonner au génie de respecter jusqu'aux commentateurs d'Aristote. Il est défendu en France, par exemple, d'ouvrir la scène autrement que par une plate & languissante narration. La loi rigoureuse qu'ils appellent des unités, nécessite cette monotonie d'exposition qui paroîtroit souvent ridicule, si l'habitude n'empêchoit de faire attention à leur absurdité ; un Acteur en instruit un autre, en rimes très-sonores, de sa généalogie, de sa

par la penſée & le ſentiment ſçavent franchir les foibles limites des Etats & des langues.

Si l'on ne peut juger que par comparaiſon de la
plus ou moins grande perfeḉion de l'Art, nous óſerons
rons dire que le François a été juſqu'ici dans l'im-
puiſſance de bien juger ſon théâtre; par ce qu'il a
conſtamment fermé l'oreille à tout ce qui pouvoit
le conduire à ſe *déſentraver* de ſes règles arbitraires

---

naiſſance, de l'hiſtoire de ſes parens, ou de quantité d'autres
choſes qu'il doit ſçavoir mieux que lui. C'eſt ordinairement un confident qui, en faveur du ſpeḉateur, aſſomme
de ſes répétitions fades & ſuperflues le Héros de la Pièce, qui paroît prêt à bâiller en l'écoutant. L'unité du
lieu contraint enſuite l'Auteur a faire mouvoir ſes perſonnages comme des marionnettes, en les faiſant revenir ſans ceſſe d'une maniere biſarre & puérile dans une
galerie du Palais. Un ſonge funèbre, des reconnoiſſan-
ces, des récits; voila, à-peu-près, tout ce qu'il eſt permis
d'employer. Jamais d'aḉion acceſſoire, point de perſonnages ſecondaires, ſi utiles chez les Anglois, à la marche & à la chaleur du Drame; tout au plus de plats &
inſipides confidents, dont les rôles ſont ſi mal faits,
qu'on ne trouve, pour les remplir, que des Aḉeurs
ſubalternes, dont le jeu jette du burleſque, ſur la ſcène
la plus vigoureuſe & la plus intéreſſante. Comment conſentir à qualifier de Chef-d'œuvre la plus parfaite même de ces compoſitions? Evidemment elle n'offrira qu'un
enſemble languiſſant & défeḉueux où l'on ſera tout au
plus dédommagé par la richeſſe & la beauté des détails.

& fauffes ; fcrupuleux imitateur des premiers traits donnés, (foibles linéamens où lui feul a reconnu la figure humaine) il a défié néanmoins fes voifins; & femblable au moucheron de la Fable, il a fonné la charge & la victoire, il a publié que lui feul avoit un théâtre ; que ce théâtre étoit parfait, puifqu'il étoit le fien ; & comme il parloit à lui-même, perfonne ne l'a contredit.

Quelle révolution! fi, frappé tout-à-coup par le fentiment & l'évidence, il s'appercevoit bien-tôt & malgré lui, que, faute de vouloir comparer, il a rétréci & atténué l'Art Dramatique, cet Art immenfe & toujours varié chez le Poète qu'il dédaignoit, qu'il traitoit de barbare ; & que c'eft lui peut-être qui mérite cette dénomination, pour avoir pris inceffamment de l'élégance pour du génie, quelquels heureux détails pour de l'éloquence, & la timidité la plus monotone, la plus reffemblante à elle-même pour le jet de la Nature & le cri de la vérité.

C'eft le fujet qui doit modifier l'action théâtrale, & non la Poétique d'Ariftote : la refferrer, lorfqu'elle eft étendue, lorfqu'elle expofe les débats d'un peuple entier ; c'eft manquer à l'Art, à la vérité, à l'intérêt ; c'eft facrifier les plus grandes beautés à des règles qui ne font que détruire l'illufion en étouffant l'effor de chaque caractère. Si les Grecs ont obéi aux unités de tems & de lieu, c'eft que leurs

Fables étoient extrémement simples, & que, renfermés ordinairement dans deux ou trois familles, il ne s'agissoit guères que d'évènemens domestiques. C'est qu'en outre *le chœur*, cheville éternelle de leurs pièces, en multipliant les personnages, sembloit aggrandir le sujet, & que, remplissant le vuide d'un théâtre immense, il déguisoit presque toujours le défaut d'action. Que de fois, cependant, ce chœur est oiseux, importun, lorsqu'il vient se mêler, par exemple, à des malheurs purement domestiques! Il n'est heureux & frappant que lorsqu'il se trouve placé au milieu de quelques grands évènemens, ou bien d'une calamité publique. Aussi ces Grecs eux-mêmes furent superstitieux, & pour avoir été créateurs de l'Art, ils ne l'ont pas asservi pour jamais à leurs dogmes. Les sujets émanés de l'Histoire Romaine, de l'Histoire d'Angleterre, de l'Histoire de France, n'ont aucun rapport avec la famille d'Atrée: Cromwel & Guise ont une toute autre physionomie qu'Agamemnon, & qu'Hippolyte; & ces nouveaux personnages exigent une autre forme dramatique que celle des Grecs.

La Melpomène Françoise, qui jusqu'ici a vécu d'imitations, offre quelques portraits; mais rarement un tableau animé par la foule des caractères qui appartiennent au sujet. On isole le personnage, on circonscrit les faits, on leur ôte la vie, on perd la ressemblance; on est réduit au *parloir* de notre petite fcène; & nos vingt-quatre heures ne fervent qu'à accumuler les invraifemblances. Inftituer un feul & même patron dramatique pour tous les peuples, pour tous les gouvernemens, pour tous les évènemens terribles ou touchans, eft la chofe du monde la plus incroyable, & qui ne pouvoit guère être adoptée que par les copiftes d'un Art qu'ils n'ont point fçu modifier, ferviles adorateurs de ce qui étoit fait, & abfolument dépourvus d'invention. De-là parmi nous cette gêne continuelle dans le choix des fujets, & dans la difpofition de la fable; de-là cette foule d'entrées & de forties vagues & forcées, qui refferrent une action étendue & multipliée, dont la marche libre eût paru conforme aux faits, &, pour tout dire, raifonnable.

L'homme vraiment précieux eft donc Molière : c'eft l'Auteur Dramatique dont les François peuvent réellement s'enorgueillir. Mais pourquoi n'a-t-il plus d'imitateurs? Pourquoi perfonne n'ôfe-t-il marcher fur fes traces? Examiner pourquoi l'on rit moins aujourd'hui au théâtre, & fi c'eft la faute des Auteurs ou celle des fpectateurs, eft une entreprife délicate, & qui tient néanmoins à la folution du problême : on doit diftinguer d'abord le mouvement machinal des lèvres, de la fatisfaction intérieure.

Il n'eft rien tel qu'une fottife pour faire rire les fots ; ce qui les tranfporte n'effleure pas feulement

ment

feulement un homme d'efprit; le peuple rit chez Nicolet, & quelquefois ce font les mêmes fpectateurs qui fréquentent le théâtre de la Nation où l'on ne rit plus.

Pourquoi rit-on moins aujourd'hui qu'on ne rioit dans le fiècle paffé? C'eft peut-être parce qu'on à plus de connoiffances & le tact plus fin; c'eft parce qu'on démêle du premier coup-d'œil ce qu'il y a de froid & de faux dans ce même trait qui faifoit rire nos ayeux à gorge déployée. On ne rit plus dans le monde. Pourquoi? parce qu'on raifonne aujourd'hui plus ou moins fur tous les objets; parce qu'après avoir épuifé toutes les plaifanteries, il faut en venir malgré foi au raifonnement. Nous avons lu, nous avons voyagé, nous avons vu & examiné des mœurs bien différentes des nôtres, nous les avons adoptées en idée; & dès ce moment les contraftes nous frappent moins; les originaux nous ont paru avoir auffi leur maniere d'agir & de penfer tout comme ceux qui fuivoient les maximes les plus accréditées. La plaifanterie s'eft émouffée néceffairement avec la connoiffance des ufages diamétralement oppofés aux nôtres. L'exemple de nos voifins plus rapproché de nous, la lecture de voyages nouveaux, les Gazettes multipliées, remplies de faits extraordinaires ou finguliers; le mélange de tous les peuples de l'Europe, tout nous a appris que chacun avoit fa manière de voir, de juger, de

K

fentir, & tel caractère bifarre qui nous frappoit, s'eſt trouvé vulgaire chez nos voiſins, & conſé-quemment juſtifié par leur conduite.

Remarquez que l'on rit cent fois plus dans un Collége, dans une Communauté, dans un Cou-vent, dans une maiſon aſſervie à des règles fixes. Eh! pourquoi? parce que, dès qu'on s'écarte un tant ſoit peu de l'uniformité, l'infraction marque, & le ridi-cule naît. Dans une petite ville il y a lieu à des rap-ports plus fréquens, plus vifs & plus plaiſans que dans une grande; les nuances là, frappent bien au-trement, parce que tout eſt circonſcrit, & que l'on veille les uns ſur les autres. Il eſt un ton général dans les opinions, dans les uſages, dans les vête-mens même qu'on ne ſauroit enfreindre. A Paris, l'homme eſt noyé dans la foule, & le ridicule de-vient imperceptible. Chacun vivant à ſon gré, & les mœurs étant prodigieuſement mêlées, il n'y a point d'état & de caractère qui ne porte ſon excuſe avec ſoi. On dit donc parmi ce peuple une multitude de bons-mots qui réſultent de la connoiſſance des cho-ſes; mais on frappe rarement ſur l'homme, on le reſpecte, ou le trait lancé eſt effacé par le trait du lendemain. La médiſance ſe manifeſte moins par méchanceté que pour écarter l'ennui: on ſentira ai-ſément que, ſous ce point de vue, l'art dramatique n'admet que des tableaux, & qu'on regarderoit comme un perturbateur de la ſociété le Poëte qui livreroit brutalement la guerre à tel ou tel individu. D'ailleurs on faifiroit difficilement la reffemblance.

Une Comédie qui ne peut attaquer ni des vices en honneur, ni certains ridicules ennoblis, devoit tomber néceffairement dans le ftile des converfations, & c'eft ce qui eft arrivé. Elle aura de la fineffe, de la grâce : mais, difcrette & froide, elle manquera d'énergie ; elle n'ofera parler ni du fourbe public qui va tête levée, ni du Juge qui vend fa voix, ni du Miniftre inepte, ni du Général battu, ni du préfomptueux tombé dans fes propres piéges ; & tandis qu'au coin de toutes les cheminées on parle, on rit à leurs dépens, qu'on les flétrit, aucun Poëte n'eft affez hardi pour les faire monter fur le Théâtre. Ayant à tracer des peintures vigoureufes fur des modèles recens, il lui eft défendu de concilier l'intérêt de fon art avec l'intérêt des mœurs ; il ne peut guere attaquer le vice qu'en peignant la vertu, & au-lieu de traîner par les cheveux le vice fur la fcène, de montrer à découvert fon front hideux, il eft obligé de faire une languiffante tirade de morale.

Molière lui-même, tout foutenu qu'il étoit par fon nom & par Louis XIV, n'a ofé faire qu'une Comédie en ce genre ; c'eft auffi fon chef d'œuvre. Dans les autres fon pinçeau n'a plus la même force, la même élévation. Le trait plus vague caractérife moins la phyſionomie ; le Miſanthrope (58) eſt encore de nos jours un problême moral aſſez difficile à réſoudre , & je crois appercevoir que Molière lui-même a molli dans la compoſition de ſes tableaux , & qu'il n'a plus oſé choiſir l'individu qui eût donné au portrait une vie plus animée.

---

(58) Cette pièce a déja excité pluſieurs débats intéreſſans ; voici l'impreſſion qui m'en eſt reſtée. Le miſanthrope m'a toujours paru fort inférieur au Tartuffe. L'intention de Molière , dans cette, pièce a ſûrement été pure ; mais on ne peut s'empêcher néanmoins d'avouer qu'elle paroît équivoque , à l'examen. Molière , ſi je ne me trompe , ſemble vouloir que la vertu ſoit douce , pliante , accorte , pour ainſi dire , ménagée , accommodante , reſpectant toutes les conventions tacites & fauſſes des ſociétés ; qu'elle ne gronde jamais , qu'elle ne s'emporte jamais , qu'elle voie tout ce qui bleſſe l'ordre d'un œil prudent , circonſpect , réſervé : mais la vertu , ſans ſa marque diſtinctive , qui eſt le courage , la franchiſe , la fermeté , & , pour tout dire , la roideur de la probité , eſt elle encore vertu ? Molière ſemble donner la préférence à Philinte ſur Alceſte , & faire du premier un modèle à ſuivre pour les manieres & le langage ; il ſemble dire : ſoyez , dans certaines circonſtances , plutôt un peu faux avec politeſſe , que bourru avec probité ; ménagez tout ce qui vous environne , pourquoi choquer imprudemment les vices d'autrui ? Cette pièce de Molière enfin ſemble écrite ſous l'œil de la Cour ; d'ailleurs le Miſanthrope , conſidéré de près , n'eſt qu'un humoriſte ; il s'échauffe le plus ſouvent pour des miſères.

Molière a mis quelquefois des individus ſur la ſcène ,

Par exemple , au lieu de la peinture d'un homme
avare , Molière nous a donné une peinture *fantafque*
de la paffion de l'avarice. Je l'appelle fantafque ,
parce que ce portrait tel qu'il l'a tracé , n'a point
d'original dans la nature. En peignant cette paffion
primitive , & ne la mélangeant point , Molière a ôté
au tableau les ombres & les lumieres dont l'accord
feul produit la force & la vérité. Auffi cette pièce
dégenere-t-elle en charge, elle n'eft le plus fouvent
qu'une farce. Il faut l'avouer ; à côté de traits excel-
lents fe trouve des traits de *Taconet.* Les lumieres &
les ombres confiftent fur la fcène dans le mélange
des paffions différentes, qui font, avec la paffion domi-

---

mais ce n'eft pas là fon plus bel endroit ; en attaquant
Bourfaut & de Vifé, il attaquoit fes Adverfaires , & non
des hommes vicieux ; en frappant Cottin , il a vengé
fon amour-propre ; il eût été plus grand d'oublier l'injure
& de la pardonner : les perfonnalités choquantes qu'il
s'eft permifes, nuifent un peu à fa gloire. Que de vices
troublant la fociété il avoit à combattre ! mais peu importe aujourd'hui , que Cottin ait été un fot , ou un
homme d'efprit ; & les femmes favantes, (qui ont re-
tardé peut-être les progrès des Sciences) , ne font faite^s
que pour aigrir les débats Littéraires & propager le fcan-
dale de la Littérature. Il doit toujours paroître fingulier
qu'un Ecrivain attaque la profeffion d'Ecrivain , quoique foiblement exercée par un autre , & que tous ces
traits lancés contre les Gens-de-Lettres , partent de la
main des Gens de-Lettres.

K 3

nante , le caractere de l'homme ; fans ce mélange les
traits feront durs, extrêmes, n'exprimeront qu'un perfonnage forcé , & la vie réelle ne tranfpirera point
d'une maniere douce & infenfible. La peinture dramatique exige donc qu'avec l'affection dominante, on
détermine encore les mœurs de l'homme , fans quoi
l'on peindra bien la paffion , mais d'une maniere
abftraite. On ne verra point l'homme , & l'on peut
dire de plufieurs Comédies ce qu'on a dit de la cé-
lebre ftatue d'Apollon d'Apollodore , que fit Sila-
nion , *qu'elle ne repréfentoit pas tant la colere d'A-*
pollodore , que la paffion de la colere. (Non homi-
nem ex ære fecit , fed iracundiam.)

La nature ne nous fournit point d'exemples de
perfonnes tout-à-fait abforbées , & changées dans une
feule paffion ; aucune métamorphofe ne fauroit être
plus rare ni plus incroyable ; cependant on a fait
des portraits dans ce mauvais goût, & ils ne manquent pas d'admirateurs ridicules , qui , lorfqu'ils
trouvent un caractère exprimé groffierement , de
maniere que chaque mufcle eft tendu , & chaque
trait chargé , fe croient obligés de crier au miracle.
La Comédie où l'on fait dominer un feul caractère
pour lui affujettir tous les autres ; eft évidemment
fans vérité & fans art ; les autres perfonnages n'ont
plus l'air que de fervir à l'échaffaudage , & l'intrigue
du Poëte paroit à nud , au lieu de la marche fimple & naturelle des évènemens. D'après cette fauffe

idée moderne, le livre de Lebrun des paſſions con-
tiendroit une ſuite des plus juſtes portraits moraux,
& les caraĉtères de Théophraſte devroient ſur la
ſcène réuſſir bien ſupérieurement à ceux de Térence.

Rien de plus commun parmi nos Auteurs modernes, que le défaut de tracer ainſi des caraĉtères
dramatiques, d'après une idée abſtraite, & de croire
que des idées perſonnifiées ſont des perſonnages
vraiment agiſſans. Deſtouches, dans ſes nombreuſes
Comédies, avec ſes étres métaphyſiques, a manqué
tous ſes portraits. Dans le Philoſophe marié, il a
peint ſa famille ; il a mieux réuſſi. Il faut dans une
Comédie non pas un caraĉtère dominant, mais pluſieurs caraĉtères agiſſans, de ſorte qu'on ſoit incer-
tain & qu'on ne ſache vraiment lequel domine.
Pourquoi faire une Comédie pour un titre ? L'homme de génie, au-lieu de viſer à une idée unique,
iſolée, cherchera le tableau ſimple & naturel d'a-
près le cours des évènemens. Le caraĉtère ſortira
de l'aſſemblage des autres caraĉtères, & non par des
traits outrés, ou des maximes ; car ces prétendues
pièces de caraĉtères ſont des efforts pénibles, qui
n'aboutiſſent qu'à montrer les recherches minutieuſes du Poëte, au-lieu d'offrir la liberté, la grâce &
la franchiſe de ſa touche. Il n'a pas vu ce qu'il peint;
il a créé ſon perſonnage à force de combinaiſons.
Que de peines pour être froid & petit !

Il faut remarquer que Shakefpear eſt encore dans ce point un parfait modèle des beautés qui ſont de l'eſſence du Drame. Qui lira dans ce point de vue ſes Comédies avec attention, trouvera que les caractères, tout fortement prononcés qu'ils ſoient, s'expriment dans la plus grande partie de leurs rôles exactement comme les autres, & ne développent leurs qualités eſſentielles & dominantes, qu'occaſionnellement, ſuivant que les circonſtances naturelles y donnent lieu, ſans paroître jamais forcés. Cette excellence particuliere de ſes Comédies vient de ce qu'il a toujours copié fidelement la nature, & que ſon génie ardent & ſenſible étoit attentif à toutes les occaſions qu'il trouvoit dans le cours des ſcènes de faire ſortir tous ſes perſonnages, tandis que les plats imitateurs ſe font une habitude de ne regarder qu'à leur but avec le ſoin le plus forcé, & de tenir leurs caractères dans un jeu & une agitation perpétuelle; on pourroit dire, à l'égard de ces efforts mal-adroits, qu'ils en uſent avec les perſonnages de leurs pièces comme certains plaiſans avec les gens de leur connoiſſance; qui, pour prouver leur eſprit, les tourmentent & les perſécutent de leurs bons-mots; & la vérité fuit, parce qu'elle ne peut être fondée que ſur l'univerſalité des caractères.

Vérité s'appelle en Poëſie une expreſſion conforme à la nature générale des chofes (59). Pour parvenir à cette vérité dans la Poëfie, Horace recommande deux chofes, 1°. d'étudier avec foin la Philofophie Socratique, 2°. de. tâcher d'acquérir une exacte connoiffance de la vie humaine ; la premiere, parce que le propre avantage de cette école eft *ad veritatem vitæ propiùs accedere* ; la feconde, pour donner à notre imitation une reffemblance d'autant plus univerfelle.

Dans les ouvrages d'imitation on peut néanmoins

---

(59) Il ne faut jamais éloigner, dans les Arts, un objet de comparaifon, quel qu'il foit, parce qu'il peut être utile même par fa difformité, parce que la Nature immenfe & féconde, ne demande qu'à étendre & qu'à varier les formes, & que les monftres mêmes entrent dans fes productions & ne font pas moins étonnans que fes autres ouvrages. Que l'Ecrivain adorateur de vieux fimulacres, qu'il croit pleins & qui ne font que creux, fe profterne & s'environne d'un refpect fuperftitieux, à force d'attention, il copiera quelques beautés. Mais celui qui, fermant courageufement les livres, pour n'ouvrir que celui de la Nature, ne s'en rapportera qu'à fon œil pour voir, à fon oreille pour entendre, à fon cœur pour fentir, faifira le modèle vivant dans fon énergique attitude, & frappera fes productions d'un dégré de vie que l'autre n'obtiendra point. La Nature eft prodigue d'Hommes de génie ; l'éducation dominante, les préjugés, l'habitude, l'imitation, les Livres & les fots hommes, étouffent ces germes heureux.

s'attacher trop à la vérité, c'est-à-dire que l'Ecrivain, en voulant copier la nature, peut se fatiguer trop à exprimer chaque trait particulier de l'objet. Dans cette manière, il néglige l'idée univerfelle du genre. On peut faire à ces Ecrivains le reproche fait à l'école Flamande, dont les tableaux tirés de la nature réelle, n'offrent pas, comme ceux d'Italie, le beau idéal. Ce n'est que par l'union de la vérité particuliere rendue fidèlement & tout à la fois embellie, que l'imitation poètique mérite la louange extraordinaire qu'Ariftote donne à la Poëfie, quand il dit *qu'elle est bien plus Philofophique que l'hiftoire.*

Par l'expofition de la nature générale de l'homme, le Philofophe apprend donc comment les évenemens qui réfultent du contrepoids de certaines inclinations & paffions oppofées à d'autres, doivent être ; c'est-à-dire, qu'il apprend la marche principale de tel ou tel caractère ; mais pour favoir d'une maniere claire & certaine jufqu'où & à quel dégré de force tel ou tel caractère, dans certaines circonftances, fe montrera de la maniere la plus vraifemblable ; cette découverte est uniquement le fruit de la connoiffance du monde. Corneille avoit fingulièrement ennobli l'efpèce humaine dans fon imagination, & beaucoup au-delà de ce qui réfulte de la confidération des caractères particuliers vus même dans l'hiftoire. Molière, au contraire, avoit arrêté fes regards fur mille petits traits diftinctifs, & les fixoit fur tel ou tel individu. Il a peint les objets naturels & vrais ; mais fes tableaux n'offrent pas toujours , il faut l'avouer , le point de vue qui tend à confirmer quelque point effentiel de morale utile à l'homme.

Molière ceffe fouvent d'être Philofophe , pour mettre les rieurs de fon côté ; il fait tomber alors la plaifanterie fur des chofes férieufes ; avec une faillie il rapproche des objets abfolument féparés. L'on rit , il eft vrai : mais il n'y a rien de fi facré qu'on ne puiffe tourner en ridicule (60). Un accouplement bifarre de deux idées fuffit. Il n'y a de rire doux & profond que le rire que la morale avoue. Que ce mot n'effarouche point ; la morale eft gaie & fufceptible d'être revétue des plus brillantes couleurs. Elles feront toujours plus durables que celles dont on pare le vice.

Heureux donc Molière , heureux ce grand hom-

---

(60) Georges Dandin , par exemple , pouvoit n'être pas une Comédie révoltante , du teins de Moliere ; mais aujourd'hui , c'eft bien la pièce la plus indécente , la plus fcandaleufe que la corruption raffinée puiffe offrir pour enhardir le crime d'adultère & ridiculifer l'honnête homme trompé. Dom Japhet d'Arménie du moins fcandalife : mais il paroît que ce fale comique fembloit alors inféparable de l'Art de la Comédie. Moliere lui-même eft fréquemment ordurier : ainfi le génie paie tribut le premier , aux dégoûtantes erreurs de fon fiècle.

me , fi toutes fes pieces reffembloient au **Tartuffe**
& au Malade imaginaire; fi , à la peinture vivante &
agréable des caractères, il avoit fçu unir plus conftamment le talent d'enflâmer notre amour naturel
pour la vertu , & d'augmenter notre horreur pour
le vice; fi, au bon fens & à la profondeur de fes obfervations , il avoit fçu joindre l'art de perfectionner la fcience des mœurs (61), encore dans

---

(61) Pour qui voudra renoncer aux opinions que l'a-
veugle habitude fortifie , & donner à fa raifon une autorité que le préjugé National femble vouloir ufurper,
je crois qu'il apperçevra fans peine, la monotonie, l'u-
niformité, le factice, l'étroit de notre Tragédie Françoife. L'empire de l'ufage & de la mode doit céder à la
fimple appercevance d'une maniere plus large , plus grande , plus neuve, plus hardie; telle que la vérité l'indi-
que & l'exige. Penfer qu'on ne puiffe rien faire de mieux
que ce qui a été fait , s'entraver dans une imitation
fervile & perpétuelle , enchaîner quelquefois fon propre
fentiment devant des règles arbitraires , c'eft avilir un
Art utile & charmant , qui ne demande qu'à parler à
tous les cœurs fenfibles , peu curieux de la fidélité qu'on
gardera à Ariftote, & aux polémiques rêveries de l'Abbé
d'Aubignac. Le faux goût , felon moi , a été le partage
de ceux qu'on a honorés du titre d'hommes de goût;
& l'égarement prefque général des Gens-de-Lettres &
de la Nation , ne m'a point empêché d'en croire plutôt ce que j'ai fenti à la repréfentation de ces pièces
informes , que ce que j'ai lu dans les feuilles périodi-
ques,& ce que j'ai entendu dans les converfations. Je ne

fon enfance, & qui mériteroit affurément toute la
réflexion du Philofophe ou de l'ami des hommes.

---

difpute à perfonne un fentiment fin & délicat. J'accufe
naïvement ce que j'ai éprouvé au Théâtre François. Il
me paroît avoir conftamment tourné le dos à la vérité.
Les beautés de l'Art font fublimes & variées, fimples
& touchantes. Qu'ai-je vu ? Une froide fymétrie, des
formes géométriques, des imitations, des redites, des
invraifemblances, parce qu'on s'eft écarté du tableau
hiftorique, & qu'on l'a coupé, pour ainfi dire, pour le
faire entrer dans le cadre des règles. Je crois que l'on a
volontairement fermé les yeux fur la Nature, & que l'on
s'eft privé des fcènes les plus neuves & les plus intéref-
fantes. Le trait facile & libre du crayon a difparu devant la féchereffe de la combinaifon, & les entraves de
la routine qui ont enchaîné l'Art dans fa naiffance. La
fource de cette univerfelle méprife fut dans l'adoration
ridicule que l'on portoit aux anciens ; & l'on ne fut pas
réfléchir qu'une forme de l'Art n'étoit pas le principe
de l'Art. Ne doit-il pas fe modifier & devenir auffi étendu
que le font les mœurs, les caractères & les évènemens ?
Je fens qu'une opinion nouvelle, a toujours les couleurs
du paradoxe ; je fçais que l'homme ne change point les
idées avec lefquelles il s'eft familiarifé. Et pourquoi
changerois-je les miennes ? pourquoi diffimulerois-je ma
manière de voir & de fentir ? N'ai-je pas pour but les
progrès de cet art que je cultive, & qui offre tantôt les
leçons de la plus faine morale, tantôt la plus innocente
diftraction ? J'ai publié fur cet objet, en 1773, un livre
intitulé : *Du Théâtre, ou nouvel effai fur l'Art Dramatique,*
qui me valut alors, de la part des Journaliftes, pas une

raifon, mais bien de groffes injures, & d'un autre côté
une perfécution prefque férieufe. Pour toute réponfe,
j'ai étendu mes idées & mes réflexions, en les frappant
d'une maniere plus haute & plus décidée, laiffant au
tems, dont je connois les effets, le foin de mettre mes
opinions à leur place. Ce morceau-ci ne doit donc
être confidéré que comme l'avant-propos d'un ouvrage
affez long, que je compte bientôt publier & qui aura
pour titre : *Examen Philofophique de quelques Pièces du Théâtre Français, Allemand, Anglois, Efpagnol, avec les obfervations de plufieurs Ecrivains célèbres fur la néceffité de
réformer le fyftême actuel du Théâtre François.* Apres la pu-
blication de cet examen Philofophique, je me tairai fur
cet objet, laiffant, comme de raifon, à chacun fon avis,
& content d'avoir expofé le mien; ce qui eft licite, à ce
que j'ai la bonne-foi d'imaginer, *tot capita*, *tot fenfus.*
Cette maxime, bien méditée, finiroit toutes les difputes
Littéraires & bien d'autres encore; mais *fans la difpute,
on dormiroit toujours,* a dit le bon la Fontaine; non que
je veuille me jeter dans les débats & les ennuis de la
controverfe; je fçais trop que la contradiction révolte
l'amour propre & enfante l'aigreur. Je crois mes opinions bonnes; j'aurois dû peut-être les garder pour moi
feul, je n'en ai pas eu le courage : j'ai eu tort; mais, loin
de vouloir à toute force les faire adopter à autrui, ni de
me fâcher contre ceux qui penfent différemment, je n'en
voudrai point même à ceux qui s'en moqueront. Je laiffe
aux autres la même liberté dont j'ufe en franc Répu-
blicam : les hommes jugent; mais c'eft au tems à prononcer.

F I N.

Imprimé en France
FROC031919230919
22214FR00017B/287/P

9 782329 321172